DER KLEINE BUCH VERLAG

Das Buch

Vor einem Jahr wurde Olivia von Sassen unter mysteriösen Umständen von Berlin nach Mannheim versetzt. Seither ermittelte sie in zwei Fällen an der Seite des waschechten Mannheimers Moritz Martin. Doch nun holt sie ihre Vergangenheit ein. Die Umstände, weshalb sie Berlin verlassen musste, werden für die junge Kommissarin zu einer tödlichen Bedrohung.

Als eine Leiche im Luisenpark gefunden wurde, ahnt Olivia noch nicht, dass dies ihr persönlichster Fall werden wird, in dem sie selbst in die Schusslinie gerät. Darüber hinaus wirft ein obskures Pentagramm am Tatort Fragen auf. Hat es das Mannheimer Team dieses Mal mit einem Ritualmord zu tun? Schnell gerät Olivia selbst ins Fadenkreuz der Ermittlungen. Sie alleine kennt die wahre Identität des Toten und darf darüber zu niemandem ein Wort verlieren. Die Schlinge zieht sich um sie zu, bis sie direkt mit ihrer Berliner Vergangenheit konfrontiert wird. Wie damals stellt sich für sie die Frage nach Leben und Tod.

Der Autor

Alexander Emmerich, Jahrgang 1974, arbeitet seit 2007 als Autor für Sachbücher, Drehbücher und Hörbücher. 2011 wurde er mit dem Ohrkanus-Hörbuchpreis ausgezeichnet. Mit „Mauerfall“ setzt er die Krimi-Reihe um Olivia von Sassen fort.

Alexander Emmerich

Mauerfall

Mannheim-Krimi
Teil 3

Der Kleine Buch Verlag

Personen und Handlung sind frei erfunden. Ähnlichkeiten mit Personen und Sachverhalten sind rein zufällig und vom Autor nicht beabsichtigt.

Die deutsche Nationalbibliothek verzeichnet diese Publikation in der Deutschen Nationalbibliografie; detaillierte bibliografische Daten sind im Internet unter www.dnb.de abrufbar.
Alexander Emmerich, Mauerfall
Der Kleine Buch Verlag, Karlsruhe

Projektmanagement: Julia Prus, Der Kleine Buch Verlag, Karlsruhe

Lektorat: Beatrice Hildebrand, Der Kleine Buch Verlag, Karlsruhe

Korrektorat: Tatjana Weiß, Der Kleine Buch Verlag, Karlsruhe

Umschlaggestaltung: röger & röttenbacher GbR, r2 | Büro für Gestaltung,
www.roeger-roettenbacher.de

Umschlagbilder:
Mann: © plainpicture/LP/Kristen Imig
Bettonplatten: © cydonna/photocase.com

Satz & Layout: Sonia Lauinger & Beatrice Hildebrand,
Der Kleine Buch Verlag, Karlsruhe

Druck: Orga-Concept e. K., Filderstadt

ISBN: 978-3-7650-8802-5

Dieser Titel ist auch als E-Book erschienen: ISBN: 978-3-7650-2113-8

http://www.derkleinebuchverlag.de
http://www.facebook.com/DerKleineBuchVerlag

prolog

Sie ist so alt wie die Menschheitsgeschichte selbst. Die Rache.

Obwohl sie gesellschaftlich verpönt ist, sitzt sie tief in jedem Einzelnen von uns. Es ist beinahe so, als gehöre Rache zu unserem genetischen Code. Nicht zuletzt schlägt sie sich auch in unseren Redewendungen und Sprichwörtern nieder und belegt damit ihre Allgegenwärtigkeit. So sprechen wir davon, dass Rache die Seele befreie. Wenn es darum geht, wie man sich am besten rächt, kann man sich an die Redewendung halten, dass Rache am besten kalt serviert wird. Und schließlich personifiziert man Rache beinahe, indem man davon spricht, dass Rache süß und gefährlich sei.

Sie wird bisweilen als die erste und roheste Offenbarung des Rechtsgefühls bezeichnet. Andere würden sagen, dass es für sie Rache ist, wenn man es jemand anderem so richtig heimzahlt.
Wir üben Vergeltung für eine massive seelische Verletzung, wenn wir uns rächen. Doch Rache geht noch viel weiter als Vergeltung. Wenn wir uns betrogen, zunächst ohnmächtig und später gekränkt fühlen, dann entwickeln sich Gedanken an eine Revanche. Ein Racheplan wird geschmiedet.
Jeder Rache geht ein Verlust voraus. Die Ehre, das

Selbstwertgefühl, die große Liebe – alles kann unwiederbringlich ruiniert werden und das Verlangen entfachen sich Befriedigung zu verschaffen.
Sind wir angegriffen, wurden erniedrigt oder ausgenutzt, dann wollen wir mit einem Akt der Rache für Gerechtigkeit sorgen. Der Drang, Gerechtigkeit wieder herzustellen, bestimmt unser Handeln und setzt sich tief in unserer Seele fest. Fortan und immer wieder. Vergeltung spielt eine wichtige Rolle für die seelische Gesundheit. Kränkungen und Verluste lassen sich besser verarbeiten, wenn man sich rächt. Wer den Wunsch nach Vergeltung immer wieder unterdrückt, wird letztlich krank vor Schmerz.
Rachegelüste sind keine Seltenheit, und Rache ist nicht nur Bestandteil einiger Kulturen. Rache ist der Ausdruck einer grundlegenden menschlichen Notwendigkeit, erlittenes Unrecht durch eigenes Handeln auszugleichen. Das Opfer rächt sich, indem es selbst zum Täter wird. Die Grenzen verschwimmen. Der Akt der Vergeltung schafft Genugtuung.
Rache ist wie ein Ventil, das den Überdruck des angestauten Ärgers ablässt.

So sehr Rache als Motiv in der Menschheitsgeschichte seit Anbeginn existiert, so sehr ist sie heute gesellschaftlich geächtet. Wir haben Achtung vor dem Gesetz, das Rache verbietet. Es definiert Rache als Mordmerkmal in Form eines niederen Beweggrundes. Wer aus Rache tötet, gilt als Mörder, nicht als Totschläger. Weil man sich für zivilisiert hält, belässt man es bei wilden Fantasien über Rache als Ausgleich für die erlittene Schmach. Reichen diese Fantasien nicht aus, schreitet mancher zur Tat.

Haben Kränkungen den Kern des Selbstwertgefühls empfindlich getroffen, entsteht der unbändige Wunsch, dem anderen zu schaden. Aus Verletzung wird Zorn, aus Zorn Berechnung und aus Berechnung Rache.
Eigenhändig die Rachegelüste auszuleben und den anderen zu strafen, hinterlässt eine Befriedigung. Die Bibel beschreibt ein tiefes, menschliches Bedürfnis, wenn es im Alten Testament im Buch Exodus heißt: »So sollst du geben Leben für Leben, Auge für Auge, Zahn für Zahn, Hand für Hand, Fuß für Fuß, Brandmal für Brandmal, Wunde für Wunde, Strieme für Strieme.«
Gemeinhin wird dieser Ausspruch mit der Formel »Auge um Auge, Zahn um Zahn« übersetzt. Das Teilzitat wird meist als Anweisung für das Opfer oder seine Vertreter aufgefasst, dem Täter Gleiches mit Gleichem »heimzuzahlen«. In archaischen Zeiten sollte diese Gesetzesregelung vor allem die Blutrache, die Vendetta, eindämmen. Doch noch heute existiert die Blutrache. Dabei soll ein Verbrechen mit dem Tod des Täters gesühnt werden. Koste es, was es wolle.

***

Gerade ging die Sonne unter. Jetzt, im Frühjahr, spürte man dies schlagartig. Solange die Sonne auf einen hernieder schien, reichte ihre Kraft bereits aus, um zu wärmen. Sobald sie aber weg war, wurde es kalt.
So erging es auch dem dunkel gekleideten Mann, der seit einer Stunde hinter einem Gebüsch im Luisenpark auf der Lauer lag. Er war umgeben von grünen Sträuchern, die bereits grüne Blätter trugen, von weißen, roten und blauen Blüten und von Büschen, die sich noch tief im Winterschlaf befanden. Hier und da war eine erste Knospe zu erkennen. Aber erst in wenigen Wochen würden die Pflanzen des Parks voll erblühen.
Der Mann hatte eine Weile gebraucht, um eine geeignete Stelle für sich zu finden. Nun verharrte er in seiner Position und wünschte sich, zwanzig Jahre jünger zu sein. Früher war er einmal sportlich, kräftig und durchtrainiert gewesen. Das konnte man seinem Körper und seiner Haltung noch immer ansehen. Aber er war nicht mehr der Jüngste. Das spürte er jeden Tag. Vor allem die gebückte Haltung machte ihm zu schaffen. Doch er ertrug diesen Zustand mit eiserner Disziplin, so wie er es vor vielen Jahren gelernt hatte.
Der Mann hatte unbedingt vor seinem Opfer am vereinbarten Treffpunkt sein wollen, denn für ihn ging es um Leben oder Tod. Er war fest entschlossen und würde mit allen Mitteln sein Geheimnis schützen. Und er musste davon ausgehen, dass auch das Opfer früher kommen oder Verstärkung mitbringen würde. Allein deshalb war es notwendig, hinter dem Gebüsch zu kauern und der Dinge zu harren.

Dort, im Stillen hinter dem Rhododendron, wunderte er sich über die Begebenheiten der letzten Tage. Vor zwei Tagen hatte er noch ein anderes Opfer im Visier. Alles war nach Plan verlaufen. Nach einer akribischen Recherche, die ihn mehrere Monate in Beschlag nahm. Nun hatte eine kleine Begegnung alles verändert. Das Schicksal hatte die Karten neu gemischt. Wählerisch konnte er nicht sein. Er musste handeln. Das hatte er immer getan. Und es hatte ihm immer einen entscheidenden Vorteil beschert.
Einen Moment lang schweiften seine Gedanken ab, als er so hinter dem Gebüsch kauerte. Er dachte an das andere Opfer, das er sich gleich danach vornehmen würde.
»Eins nach dem anderen. So wie früher, in der guten, alten Zeit«, dachte er bei sich.
Der Gedanke an die Vergangenheit beruhigte ihn. Damals bestimmten solche Situationen seinen Alltag. Er konnte das. Er hatte es schon hundertmal getan. Es gab nur einen Unterschied zu damals: Heute legte keiner schützend seine Hand über ihn. Heute musste er genau deshalb vorsichtig sein.
Es dämmerte bereits. Die Sonne war nicht mehr zu sehen und bereits hinter der Pflanzenwelt und der Kulisse Mannheims verschwunden. Ohne das wärmende Licht und im Schatten der Büsche wurde es dem Mann kalt. Eine kühle Feuchte durchzog seinen Körper bis auf die Knochen. Es fröstelte ihn, und er merkte, wie seine Hände steif wurden. Schließlich war es erst Anfang April und der Sommer noch weit entfernt.

Lange Zeit hatte er in Deckung verharrt, ohne dass etwas geschehen war. Vor fünf Minuten konnte er endlich sein Opfer am Treffpunkt erkennen. Es hätte gereicht, eine halbe Stunde vor der vereinbarten Zeit da zu sein. Aber sein Ausbilder hatte ihm damals eingebläut, dass auch die Opfer früher kommen könnten. Deshalb sollte man seine Arbeit immer zeitig beginnen und sich in Geduld üben.
Von seiner Position aus konnte er das Opfer durch den Rhododendron hindurch beobachten. Es stand wartend am verabredeten Treffpunkt und blickte umher. Was es mit ihm vorhatte, wusste er nicht. Er fürchtete jedoch das Schlimmste. Und genau deshalb musste er handeln. Ihm blieb keine andere Wahl. Diese Situation durfte er nicht auf die leichte Schulter nehmen.
»Unterschätze niemals deine Opfer«, hatte sein Ausbilder damals auch noch gesagt, »niemals!«
Er blickte noch einmal nach oben in den Himmel. Das Tageslicht war verschwunden und das Firmament färbte sich dunkel. Nun war der Moment gekommen. Er musste vorsichtig sein.
Seine Aufregung äußerte sich vor allem darin, dass er zu schwitzen begann. Das war auch früher schon so gewesen, wenn er sich in ähnlichen Situationen befand. Und heute war es wieder so. Abgesehen davon war er ruhig und besonnen. Weder zitterte er, noch beschleunigte sich sein Atem.
Erneut wischte er sich den Schweiß von der Stirn, holte tief Luft und umklammerte sein Messer. Das Opfer wartete in drei Metern Entfernung. Es ging

den kleinen Weg am Gebirgsbach auf und ab. Als es ihm den Rücken zudrehte, fühlte er den Moment gekommen.

Langsam und geräuschlos erhob er sich im Schutz des Gebüschs. Als er stand, trat er hinter dem Strauch hervor und setzte vorsichtig einen Fuß vor den anderen. Dann näherte er sich seinem Opfer, das ihn noch nicht bemerkt hatte. Aus der Entfernung von mehreren Metern roch er dessen Parfüm. Seit Stunden hatte er sich gefragt, was das Opfer von ihm wollte, und welches Spiel es mit ihm spielte. Wenn es glaubte, dass er einfach an der Nase herumzuführen sei, hatte es sich verschätzt! Es beleidigte ihn, wenn er nicht ernst genommen wurde. Einzig deshalb war er auf den Vorschlag seines Opfers eingegangen. Nun war er nur noch wenige Augenblicke von der Erfüllung seiner todbringenden Mission entfernt.

Seine Gedanken kehrten in die Gegenwart zurück. Genau in diesem Augenblick stand das Opfer nur noch zwei Meter von ihm entfernt, hatte ihm den Rücken zugewandt und starrte in die Richtung, aus der es ihn vermutete.

Plötzlich erschrak er. Das Opfer hatte eine Zigarette von sich geschnippt. Die Glut flog durch die Luft und tänzelte über den Boden.

Für einen Sekundenbruchteil hielt er den Atem an. Hatte er sich verraten? War er im Licht des Monds entdeckt worden? Er bekam Angst. Seine Gelassenheit und Ruhe wich. Diesmal war es anders als früher. Sein Herz pochte, und es fiel ihm merklich schwer, ein Keuchen zu unterdrücken. Er kniff die Augen zu-

sammen und machte die letzten Schritte auf sein Opfer zu. Es rührte sich nicht. Weiterhin hatte es ihm den Rücken zugewandt.
Jetzt musste alles schnell gehen, wenn er erfolgreich sein wollte. Zwei rasche Schritte. Dann holte er mit dem Messer aus und ...

* * *

Die junge Frau umklammerte ihr Smartphone. Sie würde das Gespräch damit aufnehmen, um Beweise zu haben. Endlich würde sie nach all den Jahren die Wahrheit erfahren. Und diese Wahrheit wollte sie besitzen. Sie sollte zu ihrer Wahrheit werden. Das würde ihr Genugtuung verschaffen. War doch ihre Lebensgeschichte unweigerlich mit dieser Wahrheit verbunden.
Jahrelang hatte sie ihn gesucht und sich diesen Moment vorgestellt. Nun war er gekommen und sie war vorbereitet. Ihr Herz raste wie wild. Sie war hoch konzentriert und freute sich über die kalte Luft der herannahenden Nacht, die ihre Sinne zusätzlich schärfte, obwohl sie fröstelte. Die Kälte verursachte ihr an jeder Stelle ihres schlanken Körpers eine Gänsehaut. Sie schüttelte sich kurz.
Ein kalter Schauer aus angespannter Erwartung und Vorfreude lief ihr über den Rücken. Sie bewunderte ihren eigenen Mut, wusste jedoch auch, dass sie in Gefahr war. Das Risiko, das sie gerade einging, war

hoch, sehr hoch. Der Nutzen jedoch unbezahlbar. Ihr ganzes Leben hatte sie diesem Moment gewidmet.

Die junge Frau war mit dem Fahrrad aus der Stadt gekommen, aus dem Quadrat, in dem sie wohnte. Ihr Rad hatte sie außerhalb des Parks abgestellt. Dann hatte sie am Eingang bezahlt und sich als erstes auf die Liegewiese gesetzt, um noch einmal tief durchzuatmen.

Als sie sich innerlich gesammelt hatte und ihr Schweiß getrocknet war, lief sie langsam und behutsam zum besagten Treffpunkt am Feldweg nahe dem Gebirgsbach. Dort stand sie nun seit fünf Minuten, ging auf und ab und wartete auf ihn.

Sie nahm einen letzten Zug an ihrer Zigarette und schnippte diese dann von sich. Für einen Moment schloss sie die Augen und atmete noch einmal tief durch. Eine Windböe durchzog ihre blonden, langen Haare. Wieder bekam sie Gänsehaut und stellte sich vor, wie sie wohl gerade aussah, mit wehendem Haar, mitten in der Nacht im Park und mit beiden Händen ihr Smartphone umkrallend. Schon als Kind hatte sie nichts sehnlicher herbeigewünscht als diesen Moment.

Die Stadt Mannheim war gut zu ihr gewesen. Hier hatte sie eine neue Heimat gefunden, Freunde und eine Anstellung. Und hier war er ihr zufällig über den Weg gelaufen. Nach all den Jahren, in denen sie ihn gesucht hatte, war sie überrascht und dennoch erfreut, dass es endlich so weit war. Selbstgefällig lächelte sie. Dann schaute sie auf die Uhr. Er müsste allmählich auftauchen.

Sie richtete ihren Blick in die Ferne und konzentrierte sich, ob sie in der Dunkelheit etwas erkennen konnte. Als sie nichts sah, wurde sie allmählich unruhig. Er musste aus dieser Richtung kommen. Vorsichtig wollte sie sich umdrehen, doch dazu hatte sie keine Gelegenheit mehr.
Plötzlich spürte sie den Atem eines Mannes. Ihre Hände umklammerten ihr Smartphone, der Mann umklammerte sein Messer.

eins

Mario Kretschmer hatte sich diesen Donnerstag freigenommen. Er wollte sich von seiner Arbeit als Softwareentwickler erholen und die ersten Vorboten des Sommers spüren. Deshalb hatte er sich entschlossen, die Arbeit am Computer beiseite zu legen und gemeinsam mit seiner Frau Simone und seinem Sohn Max den Tag im Luisenpark zu verbringen. So wie er es vor Jahren als Kind mit seinen Eltern getan hatte. Sie waren unter den ersten Gästen, die früh am Vormittag in den Park strömten.
Mit dem Luisenpark verband Mario Kretschmer viele schöne Erinnerungen aus seiner eigenen Kindheit. Auf der großen Wiese hatte er früher mit seinen Brüdern und Eltern häufig gegrillt, an Kindergeburtstagen hatten sie am Wasserspielplatz nahe des Fernmeldeturms gespielt und geplanscht und zum Abschluss eines jeden Besuchs war er mit der Gondoletta, einer Reihe an Gleitbooten, die durch ein Unterwasserseil über den Kutzerweiher gezogen wurden, gefahren.
Er erinnerte sich, wie schön es hier immer als Kind für ihn gewesen war. Aber da es für den Wasserspielplatz noch zu frisch war und dieser zudem am anderen Ende des Parks lag, hatte er sich dafür entschieden, seinem Sohn zunächst das Pflanzenschauhaus mit dem Schmetterlingshaus zu zeigen. Das kannte der Kleine noch nicht.

Sie betraten das Schmetterlingshaus durch einen netzartigen Vorhang, der die Insekten davon abhielt, ins Freie zu gelangen. Spätestens jetzt fühlte sich Mario, als sei er wirklich in den Tiefen des Amazonasdschungels angekommen. In den Räumen wuchsen kleinere, exotische Pflanzen, die die Szenerie in ein sattes Grün tauchten. Dieses Grün lieferte die Grundlage für ein buntes Farbenspiel. Auf den ersten Blick nahm er nur den einen oder anderen Farbtupfer wahr. Zitronengelb. Himmelblau. Dann schärfte er seinen Blick und konnte große und kleine Schmetterlinge in den unterschiedlichsten Farben erkennen. Einige von ihnen waren so groß wie seine Handflächen. So Große hatte er noch nie gesehen. Fasziniert blieb er stehen und schaute sich um. Das Schmetterlingshaus hatte es in seiner Jugend noch nicht gegeben.
Auch seinem Sohn Max gefiel die Atmosphäre. Er liebte Schmetterlinge. Das hatte er immer wieder betont, seit er im letzten Jahr in den Kindergarten gekommen war und dort einiges über Schmetterlinge gelernt hatte. Eifrig teilte der Kleine sein Wissen seinen Eltern mit. Dann verschwand er und rannte den bunten Insekten nach.
»Du kennst dich aber gut aus!«, lachte Simone und fuhr dem Kleinen durch die verwuschelten Haare, als er wieder zu seinen Eltern zurückgekehrt war.
Max nickte stolz.
Aber es hielt ihn nicht lange bei seinen Eltern. Fröhlich sprang der Kleine davon, einem Zitronenfalter hinterher.

Nachdem sie durch das Haus der Schmetterlinge gelaufen waren, schmiedete Mario Kretschmer neue Pläne.
»Lass uns schauen, ob wir im Teehaus ein Eis kriegen«, schlug Mario vor, »das gefällt dir bestimmt, Max.«
Max nickte und seine Mutter stimmte dem Plan zu. Sie ließen den Kleinen noch ein wenig die Schmetterlinge bewundern, bis sie mit ihm zum Teehaus aufbrachen, das sie nach einem kleinen Spaziergang erreichten. Das Teehaus war erst vor ein paar Jahren errichtet worden, sodass Mario auch hieran keine Kindheitserinnerungen hatte. Er war beeindruckt von der Größe des Baus und der ganzen Anlage, die sich nun Chinesischer Garten nannte.
Eis wurde im Teehaus jedoch nicht verkauft, weshalb Max seinen Vater enttäuscht anschaute.
»Macht nichts, Max, wir fahren jetzt mit der Gondoletta! Und irgendwo finden wir bestimmt ein Eis.«
Die Miene des Kindes erhellte sich.
»Wir fahren mit der Gondoletta!«
Jubelnd sprang Max um seinen Vater herum.
Die drei gingen zu einer der beiden Anlegestationen direkt am Kutzerweiher. Schon von Weitem konnten sie die gelben Dächer der ansonsten weiß gestrichenen Gondolettas erkennen.
Mario kaufte drei Tickets für eine Rundfahrt. Der Andrang war nicht sonderlich groß, vor ihnen wartete lediglich eine fünfköpfige Familie mit Kinderwagen. Sie passten zusammen in eine Gondel, sodass die kleine Familie allein in der Folgenden Platz nehmen konnte.

Vom Wasser aus hatten sie einen herrlichen Blick auf den Park. Da es in den letzten Tagen geregnet hatte, waren die Bäume und Pflanzen bereits in ein sattes Grün getaucht. Die Natur zeigte sich von ihrer schönsten Seite. Vögel zwitscherten, der Duft vieler Pflanzen zog über den See und die Karpfen im Wasser schnappten mit ihren riesigen Mäulern nach allem, was sie für Futter hielten.

Die kleine Familie wurde an geschwungenen Parkwegen, kleinen Brücken und frisch blühenden Pflanzengruppen vorbeigezogen. Am Ufer waren andere Familien mit Kindern zu erkennen, die entweder die Pflanzenwelt des Luisenparks bestaunten oder sich in Richtung der großen Liegewiese bewegten, um dort zu grillen.

Als sie an der Seebühne vorbeigezogen worden waren, steuerten die Gondeln direkt auf eine Insel zu. Links von der Insel wurden diejenigen Gondeln entlang gezogen, die zur Anlegestelle zurückkehrten, rechts wurde es eng zwischen Ufer und Insel. Genau dorthin führte der Weg der kleinen Familie.

Je enger die Stelle wurde, umso dichter schauten die Karpfen hungrig aus dem Wasser. Ihre riesigen Münder klafften auf und verfehlten bei Max nicht ihre Wirkung. Schnell kramte er in seinem Rucksack nach einer Scheibe Brot, die er dann in kleine Stückchen riss und den Fischen zuwarf. Immer dichter drängten sich die Karpfen zusammen und kämpften um die Brotkrumen. Fast konnte Max kein Wasser mehr erkennen, so dicht hatten sich die Fische zusammengedrängt.

Plötzlich sah er etwas, was er zunächst nicht genau erkennen konnte. Es war fleischfarben und ähnelte irgendwie den Mündern der Karpfen. Doch es bewegte sich nicht. Es klaffte nicht auf und wieder zu und es wollte kein Brot von ihm.
Erschrocken sprang sein Vater auf, schrie irgendetwas in Richtung seiner Frau und drückte dem kleinen die Hand vors Gesicht. Max wehrte sich mit Händen und Füßen und trat um sich, weil er nicht wusste, wie ihm geschah.
»Pst, Max, ganz ruhig«, redete sein Vater auf ihn ein. Doch an dessen zittriger Stimme konnte der Junge erkennen, dass sein Vater selbst alles andere als ruhig war.
Schließlich packte Simone den Jungen und zog ihn zu sich. Sie achtete dabei darauf, dass der Kleine nicht aufs Wasser schauen konnte.
Was Max nicht sah, seinen Vater aber entsetzte, war der Arm eines toten Menschen im Wasser.

***

RUMPS!
Die rostige Hallentür einer Lagerhalle im Mannheimer Hafen fuhr mit einem lauten Krachen herunter und schloss sich scheppernd hinter Kriminalhauptkommissarin Olivia von Sassen. Sie befand sich gemeinsam mit ihrem neuen Kollegen Tom Schiller auf einem Undercover-Einsatz. Ihr Ziel war es, einen

Drogendealer zu überführen, der in einen Frankfurter Mordfall verwickelt war. Hierzu sollte sie dem Dealer eine größere Menge Drogen abkaufen. Tom war schon länger in die Szene infiltriert und sollte den Dealer nach Abschluss des Handels verhaften.

Abgesehen von den beiden Mordfällen im letzten Jahr war die Unterstützung der Frankfurter Kollegen die bislang aufregendste Aufgabe, die Olivia in Mannheim erfüllen musste. Vor etwas weniger als einem Jahr war sie hierher versetzt worden und geriet gleich an ihrem ersten Tag in einen Mordfall. Von Null auf Hundert hatte es für sie geheißen, als sie gemeinsam mit ihrem alten Kollegen Moritz Martin den Fall in drei Tagen gelöst hatte. Ähnlich schnell konnte sie gemeinsam mit ihm einen Doppelmord an der Mannheimer Uni im letzten Herbst auflösen. Nun war sie im Undercover-Einsatz, und solche Einsätze folgten anderen Spielregeln als die normale Ermittlungstätigkeit.

Als sie mitten in der alten Lagerhalle stand, sportlich, mit ihrem dunkelblauen Kapuzenpulli und einem Dutt, zu dem sie ihre Locken mit einem Gummi zusammengebunden hatte, fühlte sie sich einsam. Den ganzen Morgen hatte sie unter einer gesunden Anspannung gestanden – und jetzt, nahe am Ziel, wurde sie nervös. Das hatte sie um jeden Preis vermeiden wollen. Aber trotz all ihrer Erfahrung mahnte sie ihr Unterbewusstsein zur Vorsicht.

Vor dem Betreten der Halle war sie auf Waffen kontrolliert worden und musste ihre Pistole abgeben. Auch wenn sie das zuvor gewusst hatte, fühlte sie

sich ohne Waffe in dieser Situation wehrlos. Nun stand sie schweigend und still da, versuchte ihre Nervosität zu verbergen und wartete auf Tom und den Dealer.
Vielleicht, so erklärte sie es sich, war zuviel Zeit seit ihren Ermittlungen im Mordfall an der Universität vergangen, sodass sie jetzt zu nervös war. Seither entsprach ihr Dienst nämlich ganz dem einer Beamtin. Und das bedeutete, jeden Tag am Schreibtisch zu sitzen, Indizien zu sammeln, zu archivieren und zu nummerieren. Sie war eine Beamtin. Und die letzten Wochen hatten sich auch genauso angefühlt.
Ihre nähere Vergangenheit war nicht sonderlich aufregend verlaufen. Olivia nahm dies im Grunde dankend an und bewältigte den Dienst nach Vorschrift mit Leichtigkeit. Eine ihrer wichtigsten Aufgaben war die Einführung eines neuen Kollegen, eben jenes Kollegen, mit dem sie gerade im Einsatz war. Ihn hatte sie zur Seite gestellt bekommen, seit ihr eigentlicher Partner Moritz Martin wegen eines schweren Autounfalls zunächst pausieren musste. Olivias neuer Partner, Tom Schiller, war Ende zwanzig und hatte gerade seine Ausbildung zum Kriminalkommissar beendet. In vielen Punkten war er unerfahren, impulsiv und vorschnell. Sie hatte beinahe den Eindruck, dass sie ihn mehr in Geduld und Bescheidenheit unterrichten musste, denn in den alltäglichen Polizeidienst einzuführen. Und er war ehrgeizig.
Ihre Gedanken kreisten noch ein paar Augenblicke weiter um Tom, bis dieser schließlich in Begleitung von zwei Männern und dem gesuchten Dealer die La-

gerhalle betrat. Der Dealer nickte einem seiner Männer zu. Dieser trat an Olivia heran.
»Zeig mir das Geld!«, befahl er ihr.
Mit schweißkalten Fingern schwang Olivia ihr Köfferchen auf eine Ablage. Sie war aufgeregt, wollte aber auf jeden Fall vermeiden, dass die anderen dies wahrnahmen. Deshalb versuchte sie besonders elegant den Koffer zu öffnen, so als würde sie jeden Tag mit Drogen dealen.
Eines der Schlösser klemmte und Olivia hatte tatsächlich Mühe, den Koffer aufzubekommen. Sie wurde noch angespannter. Ihre Zehen verkrampften sich und sie begann, Schweißperlen auf ihrer Stirn zu spüren.
»Kleine, du solltest dir mal ein neues Köfferchen gönnen«, kommentierte der Mann ihr gegenüber.
Olivia sah nun ihre Chance gekommen, ihre Unsicherheit zu überspielen und Stärke zu demonstrieren. Sie ließ vom Koffer ab, lief um die Ablage herum und baute sich vor dem Mann auf.
»Pass auf, sonst musst du dir ein neues Mundwerk gönnen. So lose, wie deines ist!«
Sie starrte ihm eine Weile in die Augen. Der Mann wollte sich nicht von Olivia beeindrucken lassen. Jedoch war er so ungeduldig darauf, das Geld zu sehen, dass er ihrem Blick nicht lange standhalten konnte. Er lachte laut und sah sich dabei um, ob sein Chef und die anderen auch lachten.
Niemand lachte.
Auch er verstummte.
»Zeig mir, was du im Köfferchen hast!«

Olivia ging zurück zur Ablage und drückte nun das Schloss auf. Es sprang zur Seite, sie konnte den Koffer nun öffnen und das vorgesehene Geld präsentieren.
»Bitteschön!«
Der Mann kontrollierte das Geld. Olivia trat zur Seite und blickte nun dem Dealer in die Augen, der noch immer von seinem zweiten Bodyguard und Tom umringt war.
»Nun möchte ich sehen, was ich dafür bekomme«, richtete sie ihr Begehren an den Dealer.
Er sagte wieder nichts, sondern schnippte nur mit dem Finger, woraufhin der zweite Mann einen Rucksack hervorzog, den Reißverschluss öffnete und Olivia andeutete, einen Blick hineinzuwerfen.
Olivia riss dem Mann den Rucksack aus der Hand und zog ihn an sich heran. Sie öffnete einen der Beutel und probierte vorsichtig den Stoff.
»Okay«, nickte sie.
Der Dealer, Tom und der Bodyguard zeigten keine Rührung. Olivia wunderte sich zunächst, doch roch sie den Braten zu spät.
Der zweite Bodyguard, der den Koffer mit dem Geld an sich genommen hatte, trat schnell von hinten an sie heran, packte sie und drehte ihr den Arm auf den Rücken. Olivia versuchte sich noch zu wehren, doch war sie von dem plötzlichen Angriff völlig überrascht. Sie trat mit dem rechten Fuß nach hinten und erwischte das Knie des Bodyguards. Für einen Moment taumelte er. Doch Olivia konnte sich nicht losreißen. Der andere Bodyguard kam nun auf sie zu und zog einen Revolver.

Olivia zuckte zusammen, als sie hörte, wie er seine Waffe entsicherte. Sie wehrte sich nicht weiter, sondern schaute stattdessen trotzig in Richtung Dealer. »Was soll das?«
»Frau von Sassen. Wir wissen, wer Sie sind«, begann der Dealer. »Oder halten Sie uns für dermaßen blind?«
Der andere Bodyguard hielt Olivia nun seinen Revolver direkt vors Gesicht. Sie versuchte kurz einen Blick mit Tom zu wechseln, doch dieser starrte emotionslos zurück. Hatte er sie verraten?

* * *

Es war am späten Vormittag. Moritz hielt seinen Kopf aus dem Autofenster, um die Luft und die Geschwindigkeit zu spüren. Auch wenn es noch frisch war, blitzte die Sonne bereits durch und erwärmte die Haut seines Arms, den er aus dem Fenster baumeln ließ.
Er hatte sich seit Wochen auf die Sonne gefreut und auf die Wärme, die im Frühjahr den Winter verdrängen und durch die Rheinebene ziehen würde. Die ersten ungewöhnlich warmen Tage des Jahres hatte er noch im Krankenhaus verbracht. Nun aber – nach der Reha – wollte er endlich den Frühling spüren, den er so sehr herbeigesehnt hatte. Schon als Kind mochte er genau die Tage des Jahres am meisten, an denen er zum ersten Mal nur mit T-Shirt und Ja-

cke nach draußen konnte. Der April war daher schon immer sein Lieblingsmonat gewesen, selbst wenn es Jahre gab, in denen sich die Sonne selten im April blicken ließ.

Nach dem schweren Autounfall war Kriminalhauptkommissar Moritz Martin mehrere Wochen im Krankenhaus gelegen. Er hatte dort Weihnachten verbracht und auch das neue Jahr gefeiert. Im Grunde hatte er Glück gehabt. Er war mit einem leichten Schädel-Hirn-Trauma davongekommen. Zudem hatte er mehrere Rippenbrüche, eine Fraktur des linken Unterschenkels und beider Fußgelenke. Auch wenn er immer noch Schmerzen hatte und noch einmal operiert werden musste, um die Metallplatten aus seinem linken Knöchel und rechten Unterarm zu entfernen, war er sich bewusst, dass ihm der schwere Unfall auf der Bismarckstraße nach der Aufklärung seines letzten Falls auch das Leben hätte kosten können.

Er hatte sich gerade an seine neue Kollegin Olivia von Sassen gewöhnt, die im Sommer nach Mannheim versetzt worden war. Gemeinsam hatten sie zwei Mordfälle aufgeklärt, die sie ein Team werden ließen. Sein Unfall hatte auch zur Folge gehabt, dass er vorerst nicht weiter mit Olivia arbeiten konnte, was er sehr vermisste. Wenige Wochen musste er noch Geduld aufbringen, dann würde er diese schwere Zeit endlich durchgestanden haben und in sein altes Leben zurückgekehrt sein.

Moritz hatte sich von seiner Schwester zum Eingang des Luisenparks am Fernmeldeturm fahren lassen.

Wochenlang konnte er nur kleine Strecken mit Krücken laufen, nun war dies endlich vorbei. Er war noch nicht im Vollbesitz seiner Kräfte. Spurten konnte er noch nicht. Aber ein Spaziergang im Freien war möglich. Darauf hatte er sich seit Wochen gefreut. Er fühlte sich, als sei er lange aus der Welt gewesen, doch diese dunkle Zeit war nun ein für alle Mal vorbei. Nach all den Wochen im Bett, bewegungslos und ohne, dass er sich verausgaben konnte, wollte er sich bewegen. Er wollte seinen Körper in einer Weise spüren, die ihm sagte, dass die Leidenszeit und die Schmerzen endlich vorbei waren.
Seine Schwester Ronja parkte an der Straßenseite und ging um das Auto herum, um Moritz gegebenenfalls beim Ausstieg zu helfen. Doch ehe sie auf der anderen Seite angekommen war, hatte sich ihr älterer Bruder längst aus dem Sitz erhoben und war aus dem Auto gestiegen.
»Es wird jeden Tag besser«, sagte er und streckte sich. Als er sich das laut sagen hörte, überkam ihn das Gefühl, dass er sich etwas vormachte. Sein Zustand wurde nicht jeden Tag besser. Dennoch konnte er Fortschritte verzeichnen, die ihn hoffnungsvoll stimmten, bald wieder voll im Einsatz sein zu können. Ronja lachte. Sie kannte ihren Bruder und ahnte, was er gerade dachte.
»Nein, du wirst jeden Tag unvorsichtiger. Weil du grundsätzlich ungeduldig bist, Moritz!«
Moritz ignorierte die mütterliche Art seiner Schwester und öffnete den Kofferraum, um den Rollstuhl, in dem er wochenlang saß, herauszuheben. Sie wollte

ihm zu Hilfe eilen, doch er war schneller. Es hatte ihn viel Überwindung gekostet, Hilfe anderer Menschen anzunehmen. Nun, da es wieder halbwegs ging, wollte er nicht, dass sich Ronja mit dem Rollstuhl überanstrengte.
Als er wochenlang im Krankenhaus und dann später in der Reha lag, hatte Moritz sich vorgenommen, seinen ganzen Ehrgeiz in seine Genesung zu legen. Er wollte möglichst schnell zurück in seine Position als Kriminalhauptkommissar. Und dafür quälte er sich jeden Tag in der Reha. Doch bis er wieder seinen Dienst antreten konnte, würden noch ein paar Wochen vergehen.
»In zwei Stunden genau wieder hier, Ronja.«
»Sicher, dass du alleine sein willst?«
»Ich habe seit Wochen auf diesen Moment hingefiebert. Ganz sicher«, bestätigte Moritz und drehte sich zum Eingang des Luisenparks um.
»Dann bis später!«, rief Ronja ihm nach. Doch Moritz hörte sie nicht mehr. Er zahlte, betrat den Park und setzte sich in seinen Rollstuhl.
Mit seinen Armen holte er aus und nahm Schwung. Rechts und links von ihm waren Blumenfelder, die diesen Winter keinen Schnee gesehen hatten. Schon bald würden sie wieder erblühen. »Viel zu bald«, merkte Moritz in Gedanken an, denn die globale Erwärmung hatte der Stadt Mannheim in den letzten Jahren häufig einen sehr frühen und warmen Frühlingsanfang beschert.
Moritz bekam schnell Geschwindigkeit. Das gefiel ihm. Einige Zeit rollte er ganz allein durch den Park.

Doch dann musste er aufpassen, denn ein Mann in einem dunkelblauen Mantel, der sich hektisch und unkontrolliert bewegte, steuerte geradewegs auf ihn zu.
Humpelte der Mann? Moritz war sich unsicher.
Der Mann kam direkt auf ihn zu, schaute ihm dabei jedoch nicht in die Augen und Moritz hatte das Gefühl, dass er ihn gar nicht wahrnahm. Er verringerte die Geschwindigkeit, rollte zur Seite und beobachtete den Mann. Er machte einen merkwürdigen Eindruck auf ihn. Rein äußerlich musste der Mann älter als Moritz sein. Doch seine Bewegungen wirkten kindlich und naiv. Vielleicht war es auch nur das Heavy-Metal-T-Shirt, das ihn jünger wirken ließ. Moritz überlegte ein wenig.
»Die, die damals Heavy Metal gehört haben, waren ja jetzt auch älter geworden«, dachte er sich.
Als der Mann weiter auf ihn zuhielt, rollte er an die Seite und wartete, bis der Fremde hektisch an ihm vorbeigerannt war. Als sei er auf der Flucht.
Moritz starrte ihm eine Weile hinterher. Der Mann lief genau in die Richtung, aus der Moritz zuvor gekommen war. Zum Ausgang. Irgendwie wirkte er auf Moritz wie ein Fremdkörper, der hier gar nicht sein sollte. Und auch der Mann schien seine Umwelt nicht sonderlich wahrzunehmen.
Moritz nahm wieder Fahrt auf. Nach wenigen Schwüngen spürte er seine Oberarme. Das war genau das, was er wollte. Auspowern. Sich körperlich anstrengen und gesund fühlen. Sein Blick schweifte in die Ferne. Seine Gedanken auch.

Nach ein paar weiteren kräftigen Stößen holten ihn einige Stimmen, die vom nahen Gebirgsbach her kamen, in die Gegenwart zurück. Moritz blickte nach rechts und sah eine kleine Gruppe Menschen, die um etwas herumstanden und aufgeregt gestikulierten.
»Haben Sie ein Handy?«, rief eine der Personen.
Der Kriminalhauptkommissar hörte ihn nicht. Jedenfalls antwortete er nicht. Stattdessen hielt er mit dem Rollstuhl an, stand zum Erstaunen der ihn umgebenden Personen auf und humpelte auf die kleine Gruppe zu.
»Haben Sie ein Handy?«, wiederholte die Person ihre Frage.
»Was?«, antwortete Moritz.
»Handy!«
Als er nur noch wenige Meter von der Gruppe entfernt war, trat diese wie der Vorhang einer Theaterbühne auseinander. Sie machte den Weg frei für Moritz, der auf dem erdigen Boden etwas liegen sah. Zuerst fiel sein Blick auf ein Paar schwarze Lederschuhe, die vollkommen vermatscht waren. Dann schweifte er weiter. Das, was er vor sich liegen sah, war der Körper eines toten Mannes.

* * *

Olivia blickte in den Lauf des Revolvers, den der zweite Bodyguard ihr noch immer direkt ins Gesicht hielt.

»Schade, dass dieses hübsche Gesicht bald seine Schönheit verlieren wird«, raunzte er sie an.
Eiskalt lief es Olivia den Rücken herunter. Sie zitterte und spürte, wie sich ihre Haut unter der Kleidung zusammenzog. Sie wusste, dass sich ein Sondereinsatzkommando nicht weit von ihr befand. Doch hatte sie darauf verzichtet eine Wanze zu tragen, da sie sich sicher gewesen war, gründlich durchsucht zu werden, was sich auch bewahrheitet hatte.
Das Sondereinsatzkommando hatte den Befehl zum Zugriff, wenn sie nicht innerhalb von 15 Minuten wieder aus der Fabrikhalle kam. Doch so wie die Dinge im Moment standen, hatte sie keine 15 Minuten mehr.
In Gedanken ließ Olivia ihre Vergangenheit Revue passieren. Wie sie Polizistin wurde, wie sie nach Berlin kam und schließlich nach Mannheim versetzt wurde. Sie hatte die Zeit in Berlin, so schlimm sie auch geendet war, genossen. Fünf Jahre in der Hauptstadt mit allen Reizen und Gefahren, die eine Metropole in dieser Größe bot, hatten sie tief geprägt. Dann rasten ihre Gedanken weiter zu ihrem neuen Team in Mannheim. Dr. Klose, Fatih ... und ihr Kollege Moritz, mit dem sie ein ganz ausgezeichnetes Ermittlerpaar bildete – oder besser gebildet hatte. Bis zu seinem schlimmen Unfall letzten Winter.
»Ich weiß etwas Besseres, wie wir sie kalt machen können«, unterbrach Tom Olivias Gedanken.
»Schnauze, Kleiner!«, entfuhr es dem Dealer. Offensichtlich hatte er nicht sonderlich viel Respekt vor Tom.

Aber wenn Tom auf Zeit spielte, dann stand er zumindest noch auf ihrer Seite. Olivia war ein klein wenig erleichtert.
»Wir brauchen keine andere Methode, um die Boulette platt zu machen«, widersprach der zweite Bodyguard Toms Vorschlag. »Ich schieß ihr einfach das Gesicht weg.«
Wieder spürte Olivia den kalten Angstschweiß, der sich zwischen ihren Schulterblättern bildete.
Doch bevor sie weiter auf Zeit spielen konnte, hörte sie einen lauten Schuss knallen. Sie zuckte zusammen. Es dauerte nur Sekundenbruchteile, bis sie merkte, dass der Schuss weder aus der Pistole des Bodyguards kam, noch ihr gegolten hatte.
Sie nutzte den Moment der allgemeinen Verwirrung und löste sich aus dem Griff, durch den sie festgehalten wurde. Dann trat sie dem Bodyguard mit der Waffe, die er mittlerweile gesenkt hatte, mit voller Wucht in die Magengegend. Dieser zuckte zusammen und krümmte sich. Dabei löste sich ein zweiter Schuss, der scheinbar ins Leere ging. Olivia zumindest war unversehrt. Bevor der erste Bodyguard wieder nach ihr schnappen konnte, stürzte sie sich auf seinen gekrümmten Kollegen und warf ihn zu Boden. Dabei fiel ihm die Waffe schließlich aus der Hand. In Sekundenschnelle warf sich Olivia auf den Revolver, ergriff ihn und drehte sich herum. Sie richtete ihn auf den Bodyguard, der noch stand und ihren Koffer vor sich stehen hatte.
»KEINE BEWEGUNG!«, brüllte sie aus Leibeskräften.

Sie erhob sich, ging einige Schritte zurück und deutete dem zweiten Bodyguard an sich zu erheben.
Erst jetzt riskierte sie einen kurzen Blick zu Tom und dem Dealer, um zu sehen, was eigentlich geschehen war.
Tom stand mit erhobener Pistole über dem Dealer, der sich am Boden krümmte und das Knie hielt. Ihr Kollege musste ihm von hinten in das Knie geschossen haben, sodass wahrscheinlich die Kniescheibe zertrümmert war.
Tom suchte ihn nun nach Waffen ab.
»AN DIE WAND! HÄNDE IN DIE HÖHE!«, brüllte Olivia die anderen an.
Die beiden gehorchten.
Plötzlich flog die Hallentür auf und fünf vermummte Männer in Schwarzblau betraten die Halle.
»Endlich, die Kollegen«, seufzte Olivia.
Das SEK sicherte sofort die Halle und nahm die Männer fest.
»Das wirst du mir noch büßen«, drohte der Dealer mit einem schmerzverzerrten Blick in Richtung Tom.
»Du hast mich verraten. Niemand verrät mich.«
Anstatt gelassen zu reagieren, schaute Tom den Verletzten am Boden an.
»Verraten? Ich war immer loyal! Nur nicht dir gegenüber«, grinste er dem Dealer schamlos und frech ins Gesicht.
Olivia trat ins Freie. Sie wollte etwas Luft und brauchte Ruhe, um sich von der angespannten und brenzligen Lage in der Halle zu erholen. Doch an diesem Morgen ging es Schlag auf Schlag. Kaum hatte sie

einen tiefen Zug der frischen Aprilluft eingesogen, klingelte auch schon ihr Handy. Es war Dr. Klose, ihr Chef.

»Sind Sie in Ordnung?«, wollte er zunächst von ihr wissen.

»Danke der Nachfrage. Das war gerade sehr knapp. Aber alles ist gut …«

Klose war ungeduldig und wollte im Grunde keinen Bericht von Olivia. Er wartete nicht lange und unterbrach Olivia, bevor sie ihm die Lage schildern konnte.

»Prima, Frau von Sassen, sie müssen sofort zu einem der Einsatzwagen. Man wird Sie und Ihren Kollegen Goethe, äh Schiller zum Luisenpark bringen. Wir haben dort eine Leiche. Beeilen Sie sich. Wir sehen uns dort.«

Ohne ein weiteres Wort zur Leiche oder zum Einsatz in der Halle legte Klose auf und machte sich selbst auf den Weg zum Tatort.

* * *

Olivia saß im Einsatzwagen hinten links. Neben ihr lümmelte sich Tom Schiller. Zumindest fand sie, dass er sich lümmelte. Breitbeinig, die Knie angezogen und gegen den Sitz des Vordermanns gepresst, entsprach es nicht dem, was sie sitzen nannte.

Die Kommissarin blickte zweimal zu ihm, nur um sicher zu sein, dass sie wirklich beide in diesem Auto saßen. Denn im Grunde fühlte sie sich Elend. Ihr war, als wäre sie nicht in ihrem Körper, als säße sie wo ganz anders und würde auf sich herabblicken. Ihre Sinne waren abgestumpft. Die Stimmen ihrer Kollegen klangen, als würde sie sich unter Wasser befinden und die Fassaden Mannheims huschten an ihr vorbei, als würde sie sich in hoher Geschwindigkeit um die eigene Achse drehen.

Der Tag hatte erst begonnen. Doch bereits jetzt, am späten Vormittag, war sie mit dem Tod konfrontiert gewesen. Wie nah Leben und Tod beieinander lagen, wurde ihr immer erst bewusst, wenn sie sich in extremen Situationen befand. Dann begriff sie für wenige Stunden, welches Glück es war, am Leben zu sein. Immer wieder wollte sie sich diese Erkenntnis bewahren, doch sobald der Alltag Einzug in ihr Leben hielt, ergriff sie eine Leichtigkeit, mit der sie gut leben konnte. Die Allgegenwärtigkeit des Todes verschwand.

Nun befand sie sich auf dem Weg zu einer Leiche, was sie unweigerlich wieder an den Tod denken ließ. Nach der Leiche, die letzten Sommer am Strandbad Neckarau angespült worden war und den beiden Toten an der Universität letzten November war dies nun die vierte Leiche innerhalb eines Jahres. Natürlich war sie die meiste Zeit nicht im Dauereinsatz, sondern ging ihrer Tätigkeit als Kriminalbeamtin gewissenhaft nach – und saß hinter ihrem Schreibtisch.

Freunden erklärte sie, dass sich ihr Beruf zwar durchaus von dem eines Finanzbeamten unterschied, es

aber auch viele Gemeinsamkeiten gäbe. Ihr Job war es, Indizien zu sammeln und Akten zu erstellen. Als Actionheldin, wie sie von ihrer Freundin Vanessa immer bezeichnet wurde, fühlte sie sich nicht. Vielleicht höchstens als jemand, der eine hohe Kombinierungsgabe hat. Diese half ihr nicht nur, die vielen einzelnen Tätigkeiten ihres Berufes zu vereinen, sondern auch Verdächtigungen, Indizien und Hinweise in ihrem Kopf zu filtern und zu sortieren.
Ein drittes Mal schaute sie neben sich und betrachtete Tom Schiller. Irgendwie konnte sie ihn nicht so richtig einordnen. Das wurde ihr heute Morgen erneut bewusst. Sie hatte tatsächlich an ihm gezweifelt. Sie hatte für einen Moment geglaubt, er konnte sie verraten haben.
Noch nie hatte sie derartige Zweifel an einem Kollegen gehabt. In Berlin nicht und in Mannheim erst recht nicht. Sehr schnell hatte sie sich mit Moritz verstanden und eine Vertrauensebene aufgebaut, die sich trotz oder vielleicht auch gerade wegen seiner diversen Sticheleien deutlich zeigte.
Mit Tom war es anders. Sie konnte ihn emotional nicht berühren. Sie mochte ihn, bewunderte seine Kraft und Energie, aber es gab nie einen Moment, in dem sie mit ihm einfach nur lachen konnte. Nie sprachen sie über Interessen und Dinge, die außerhalb der Arbeit geschahen. Sie wusste nicht, ob er alleine lebte, wo er wohnte, was er mochte. Sie wusste im Grunde nur, dass er ein junger Kollege war, auf den viel eher der Begriff »stiller Actionheld« passen würde als auf sie.

Ihren vierten Blick hinüber beantwortete Tom mit einem Lächeln. Doch nach Lächeln war ihr gerade überhaupt nicht zumute. Genau das war es, was sie heute Morgen an ihm zweifeln ließ. Er war von einem völlig anderen Planeten.
Auf der Strecke zum Luisenpark zeigte sich Mannheim von seiner urbanen Seite. Die drei Hochhäuser der Neckarpromenade und das Collini-Center überragten die Häuser der Umgebung um Längen. Wenn Mannheim wie New York sein sollte, waren es nicht nur die Quadrate, sondern auch diese Ansicht der Stadt, die von Künstlern, Musikern und Fotografen häufig als Motive verwendet wurden.
Nun ging es weiter bis hin zum Luisenpark, der zwischen der Stadt, dem Carl-Benz-Stadion und dem Neckar lag. Der Park war zur Bundesgartenschau 1975 deutlich erweitert und erneuert worden. Gegenwärtig war er Bestandteil einer weiteren Bundesgartenschau, die 2023 nach Mannheim kommen sollte.
Sie wies sich bei der Kassiererin am Eingang aus und hastete dann mit Tom zum Fundort der Leiche. Von Weitem sah sie eine Gruppe Menschen hinter einer Absperrung stehen, die die Leiche untersuchten und den Fundort analysierten. Zu den Kollegen hatten sich Zaungäste gesellt, die auf der anderen Seite der Absperrung standen und versuchten, einen Blick auf die Leiche zu erhaschen.
Olivia scheute die Konfrontation mit einem toten Körper. Sie brauchte stets eine Weile, um sich an das Gesicht der Leiche zu gewöhnen. Zu sehr sah sie immer das Einzelschicksal hinter der toten Person. Die

Leichtigkeit, die ihr Kollege Fatih Üstbas von der Kriminaltechnischen Untersuchung oder gar Moritz im Umgang mit Leichen hatten, konnte sie nicht teilen. Allerdings war das für sie auch nicht erstrebenswert. Sie schickte Tom vor, musste sich sammeln, atmete tief durch und ging den Weg zum Fundort entlang. Unterwegs fragte sie sich, ob auch die Leiche diesen Weg gegangen war und wie sie sich dabei wohl gefühlt hatte.
Aus der Ferne konnte sie ihre Kollegen erkennen. Fatih Üstbas, der Leiter der Kriminaltechnischen Untersuchung, war ganz in seinem Element. Sein Team und er sicherten die Spuren, untersuchten die Leiche und nahmen erste Beweismittel auf. Neben ihm stand Kriminaldirektor Dr. Manfred Klose. Er überragte die anwesenden Polizisten um einiges und blickte still umher. Sein grau meliertes Haar leuchtete in der Sonne silbern.
Vorsichtig lief Olivia auf die Gruppe Kollegen zu, die sich um die Leiche versammelt hatte. Die Leiche lag auf dem Boden. Sie war zugedeckt. Olivia stieg über das rotweiße Absperrband und zeigte einem Kollegen ihren Dienstausweis.
»Frau von Sassen!«, begrüßte sie Dr. Klose am Tatort. Olivia wunderte sich, was seine Aussage sollte. War es seine Art freundlich »Willkommen« zu sagen oder verbarg sich hinter der Begrüßung ein Vorwurf. Er wusste doch, dass sie bis eben im Einsatz war. Sie hätte unmöglich früher am Tatort sein können.
»Guten Morgen«, entgegnete sie daher ihrem Chef höflich aber bestimmt. »Ist das der Tatort?«

Fatih trat an ihre Seite und brachte sie auf den neuesten Stand der Ermittlungen.
»Nein. Wir haben eine Wasserleiche. Der Tote wurde hier im See gefunden. Der Tatort ist noch unbekannt.«
»Weißt du schon, wie er zu Tode gekommen ist? Ist er ertrunken?«, wollte Olivia wissen.
Fatih schüttelte den Kopf.
»Er hat eine Wunde am Hinterkopf. Ob das die Todesursache ist und er dann in den See geworfen wurde oder ob er aus welchen Gründen auch immer in den See gefallen und ertrunken ist, kann ich noch nicht sagen. Alles Weitere nach der Obduktion.«
Olivia nickte.
Ihr Handy klingelte. Es war Moritz.
»Du kommst besser schnell hierher. Und bring einige von Fatihs Leuten mit«, sagte er rasch ohne Begrüßung.
»Moritz! Was machst Du hier? Du bist doch noch in der Reha!«
»Ich bin an einer der Dschungelbrücken weiter oben am Gebirgsbach. Komm schnell!«, entgegnete er und legte auf.

* * *

Eine junge Frau beobachtete das Geschehen aus einigem Abstand. Sie musste sich nicht verstecken, weil sich eine Gruppe Schaulustiger gebildet hatte, die

neugierig auf das Geschehen am Fundort der Leiche starrte. Im Schutz der Gruppe fiel sie nicht weiter auf. Mit Argusaugen beobachtete sie jeden einzelnen Schritt der Beamten. Ihr war ängstlich zumute. Sie fürchtete, dass irgendein Handgriff der Polizisten ihr Geheimnis aufdecken würde. Gerne wäre sie jetzt in einer anderen Haut gesteckt. Aber ihr Schicksal hatte sie hierhin gebracht. An diesem Tag. In den Luisenpark. Hier an diese Stelle. Hier zu dieser Leiche. Den ganzen Vormittag schon war sie im Park herumspaziert und hatte gewartet. Später war sie eine Zeit lang auf der Liegewiese gesessen und konnte schließlich vom Ufer aus die kleine Familie beobachten, die in einer Gondoletta gesessen war und den Toten entdeckt hatte. Schnell hatte sich eine Menschenmenge um die Stelle gebildet und der Betrieb der Gondeln wurde vorerst eingestellt.
Immer mehr Menschen liefen zusammen, sodass sie sich, als die Kriminalpolizei Mannheim im Luisenpark erschien, schließlich nicht länger vorsichtig verhalten musste. Eine Einheit mit Tauchern war in den Kutzerweiher hinabgestiegen und hatte die Leiche letztlich vollständig geborgen.

* * *

Als Olivia loslief, erschraken mehrere Vögel und flatterten aufgeregt davon. Sie ermahnte sich selbst, langsamer zu gehen, damit sie sich den Park genau

anschauen konnte. Auf keinen Fall durfte sie einen Hinweis übersehen, auch wenn er noch so klein war. Sie lief den Weg am See entlang bis zu der Stelle, an der ein Gebirgsbach angelegt war, der in den See mündete. Hier bog sie links ab und folgte nun dem Lauf des künstlichen Bachs. Ihr Blick wanderte über die Pflanzen- und Tierwelt des Parks. »Welch eine Idylle der Park doch ist, obwohl er so nah am Zentrum der Stadt liegt«, sagte sich Olivia.
Sie untersuchte den Weg, bemerkte aber nichts Auffallendes. Dann kreisten ihre Gedanken weiter und erreichten schließlich ihren Kollegen Moritz. Häufig telefonierte sie mit ihm und wusste über seinen Genesungsprozess Bescheid. Aber dass Moritz für die Mordkommission im Einsatz war, überraschte sie. Davon hatte er nie gesprochen. Eigentlich war er doch noch immer krank geschrieben und würde erst in ein paar Wochen zurück in den Dienst kommen dürfen. Was um alles in der Welt hatte ihn dazu getrieben, sich hier einzuschalten?
Der Lauf des Bachs war nicht sonderlich lang, kaum dreihundert Meter bis in den äußeren Winkel des Parks. Die Pflanzen der Umgebung glichen eher denen eines Dschungels. Sattgrüne Pflanzen rahmten den Bach ein, der wiederum eher alpin anmutete. Moritz hatte sich auf den Boden gesetzt.
Wahrscheinlich schmerzten seine Beine, die seit seinem schweren Unfall immer noch nicht ganz geheilt waren. Olivia erinnerte sich an die Stunden der Angst, die sie nach dem Unfall ausgestanden hatte. Sie selbst war mit im Auto gesessen, konnte sich

aber aus dem Wrack befreien, während Moritz herausgeschnitten werden musste. Die nächsten Tage hatte sie die meiste Zeit auf der Intensivstation verbracht, bis sie die Nachricht erhalten hatte, dass Moritz nun über den Berg sei. Vor Freude hatte sich ihr Körper mit einer Gänsehaut überzogen. Sie konnte sich noch gut an die Erleichterung erinnern, die sie dabei gespürt hatte.
Moritz' Anblick, wie er jetzt mitten im Acker auf dem Boden saß und aufmerksam der Arbeit der Kriminaltechnischen Untersuchung folgte, löste bei ihr erneut dieselben Gefühle aus. Zum Glück hatte er den Unfall überlebt und die schwere Zeit gut überstanden.
»Hallo Moritz! Was machst du da?«
Moritz fuhr langsam herum. Man merkte ihm seine Verletzung noch an. Vorsichtig stand er auf.
»Ich sichere Spuren. Gib mir mal dein Handy«, war alles, was er zur Begrüßung sagte. Dann merkte er, dass er schon viel zu vertieft in seine Ermittlung war und Olivia ordentlich begrüßen sollte.
»Hallo Olivia, schön dich zu sehen.«
»Bist du wieder im Dienst?«
Moritz entgegnete nichts, sondern gab Olivia ein Zeichen, ihm zu folgen. Sie gingen einige Schritte weiter zu einer Brücke, die über den Bach führte.
»Gib mir mal dein Handy.« Erst jetzt reagierte Olivia und reichte ihm ihr Smartphone.
Olivia schaute Moritz über die Schulter und verstand nun, wovon er gerade so besessen war. Entlang des Ufers war das Gras durchwühlt. Es waren unmissver-

ständlich die Spuren einen Kampfes. Moritz machte einige Fotos.
»Siehst du das?«, fragte er seine Kollegin und deutete auf eine Stelle.
Olivia war erstaunt. Sie beugte sich herunter und betrachtete die Stelle genauer. Vor ihr lagen mehrere etwa ein Meter lange Stöcke, die teilweise noch grün und frisch waren. Wahrscheinlich wurden sie erst vor Kurzem von einer Pflanze abgeschnitten.
Ein eiskalter Schauer lief ihr über den Rücken, denn die Stöcke waren zu einem fünfzackigen Stern angeordnet. Zu einem Pentagramm. Solche Symbole verhießen nichts Gutes. Sie kannte sie bislang nur aus ihrer Ausbildung und natürlich aus Filmen, in denen es um Hexenverbrennung oder um Ritualmorde ging. Dabei markierte ein Pentagramm meist eine Stelle, wo der Teufel wohnte oder Orte schrecklicher Taten.
»Ein Ritualmord?«, fragte sie Moritz, der neben ihr stand und den Blick nicht von dem Pentagramm lassen konnte.
Moritz schoss ein paar weitere Fotos, während Olivia die Stelle genauer untersuchte. Ihr Blick fiel auf einige Steine, die in der Mitte des Pentagramms lagen. Auf ihnen erkannte Olivia eine getrocknete, dunkle Flüssigkeit. Blut. Das Blut des Toten. Da war sie sich sicher.
»Das ist der Tatort ...«, kam es ihr langsam über die Lippen.
Moritz ließ sich stöhnend neben ihr nieder und legte sich ins Gras.

»Ich kann mich leider immer noch nicht richtig hinknien«, entschuldigte er sich fast bei seiner Kollegin. Olivia registrierte dies zwar, doch waren ihre Gedanken ganz auf das Pentagramm gerichtet. Sie stand auf und begab sich in die Frühjahrssonne, um sich etwas aufzuwärmen.
»Wer hat diese Stöcke zu einem Pentagramm zusammengestellt?«, fragte Olivia.
»Der Mörder wohl kaum. Sonst wäre die Leiche noch hier. Vielleicht ein Zeuge.«
Olivia nickte.
»Fatih soll hierher kommen. Wir müssen den ganzen Weg absperren. Vielleicht finden sich noch andere Spuren.«
Gemeinsam mit Moritz ging sie zu den restlichen Kollegen zurück. Unterwegs kamen ihnen die Spurensicherer entgegen, die den Weg entlang des Bachs absperrten.
»Wie bist du in diesen Fall geraten, Moritz? Du bist doch noch in der Reha! Schon dich lieber.«
»Ich bin nicht absichtlich hier. Eigentlich wollte ich im Luisenpark spazieren gehen. Mein erster Spaziergang seit Monaten. Dabei bin ich auf eine Gruppe gestoßen, die den Toten entdeckt hat.«
»Ah, es ist ein er.«
Moritz blickte Olivia erstaunt an.
»Hast du die Leiche noch nicht gesehen?«
»Nein, ich bin gleich zu dir gelaufen und wollte die Kollegen zunächst mal ihre Arbeit machen lassen.«
Moritz nickte, dann sagte er: »Bevor ich mir jetzt noch dreimal anhören muss, dass ich nicht im Dienst

bin und verschwinden soll, mache ich mich selbst aus dem Staub. Ich melde mich gegen Abend bei dir, Prinzessin.«

»Du willst doch nicht etwa ermitteln?«

»Hey, das ist ein freies Land. Ich kann nachdenken über was ich will. Und heute will ich über dieses Pentagramm nachdenken. Also, ich melde mich.«

Dann setzte er sich wieder in seinen Rollstuhl, holte Schwung und verschwand in der nächsten Kurve des Wegs.

Dr. Klose hatte die beiden von Weitem gemustert. Als Olivia nun allein war, nahm er sie zur Seite und zog sie zur zugedeckten Leiche.

»Moritz wird sich doch nicht in den Fall einschalten, oder?«

»Auf keinen Fall«, log Olivia.

»Gut«, nickte Klose. Dann trat er näher an die Leiche heran.

»Der Tote ist mittleren Alters. Ich tippe auf Anfang, Mitte 60. Seine Papiere trug er nicht bei sich.«

Fatih Üstbas gesellte sich zu ihnen.

»Wir haben etwas, Dr. Klose.« Er räusperte sich, dann fuhr er fort: »Einer meiner Mitarbeiter hat den Personalausweis und den Führerschein des Toten in einem Mülleimer beim Carl-Benz-Stadion gefunden. Der Rest seiner Papiere, ein Geldbeutel, Handy oder Ähnliches fehlt.« Er räusperte sich erneut: »Der Name des Toten lautet Arndt Schulte. Wohnhaft in Berlin. 65 Jahre alt. Mehr nach der Obduktion.«

Dr. Klose nickte.

»Danke, Fatih«, lächelte Olivia ihrem Kollegen zu,

der nun mit dem Rest des Teams zum vermeintlichen Tatort am Bach aufbrach.
»Keine Ursache.«
»Arndt Schulte«, sagte Dr. Klose mehr zu sich und zog die Decke vom Gesicht der Leiche.
Olivia erschrak. Sie blickte in das Gesicht des Toten, dessen Augen geschlossen waren. Sie kannte ihn. Und sie wusste, dass der Tote, der vor ihr lag, nicht Arndt Schulte hieß.

* * *

Am frühen Nachmittag lag die Leiche auf Fatih Üstbas' Obduktionstisch. Bereits am Fundort hatte er erste Versuche unternommen, den Todeszeitpunkt zu bestimmen. Doch mit den Mitteln, die ihm im Luisenpark zur Verfügung standen – das sogenannte Zsako-Muskelphänomen – konnte man nur bestimmen, dass der Tod in den letzten einhundertfünfzig Minuten eingetreten war. So wie die Leiche aber aussah, lag sie mindestens über Nacht im Wasser.
Schön anzusehen war sie nicht. Dafür hatten die Karpfen und die anderen Tiere gesorgt, die im Kutzerweiher des Luisenparks lebten. Überall gab es Bissstellen der Tiere oder Schrammen, die durch die Gondeln oder Hölzer entstanden sein konnten.
Fatih schaute sich die Haut des Toten genauer an. Sie färbt sich gewöhnlich ein bis zwei Tage post mortem grünlich. Auch konnte er keine Krampfadern finden,

welche meist nach drei bis fünf Tagen deutlich unter der Haut zu sehen sind. Doch von beidem war nichts an der Leiche zu erkennen. Er vermutete daher, dass die Leiche in der Nacht zuvor zu Tode kam.
Die Körpertemperatur war mittlerweile auf einundzwanzig Grad Celsius gefallen. Sie sinkt beim Menschen nur langsam, also zwischen 0,5 und 1,5 Grad pro Stunde, nachdem sie post mortem für etwa drei Stunden stabil bleibt. Auch dies würde dafür sprechen, dass der Tod am Abend des Vortags eintrat.
Fatih schaute auf die Uhr. Es war Zeit für den nächsten Kaffee. Er streifte sich seine OP-Handschuhe ab und ging ins Nebenzimmer. Danach wollte er sich die große Wunde am Hinterkopf der Leiche ansehen.

* * *

Noch am Fundort der Leiche waren die ersten Journalisten aufgetaucht und hatten Fotos von der Leiche und den Ermittlungen gemacht. Olivia war sich sicher, dass bereits am Abend die ganze Stadt über den Mord im Luisenpark informiert war. Der Druck auf die Ermittler würde in den nächsten Tagen enorm werden. Um die Ermittlungen möglichst schnell voranzutreiben und die Ansammlung von Indizien zu verstärken, ließ Olivias Vorgesetzter, Dr. Manfred Klose, eine Sonderkommission unter seiner Leitung einberufen. Olivia und Tom sollten dabei wichtige Rollen übernehmen und den Einsatz leiten.

Seit Olivia das Gesicht der Leiche gesehen hatte, war ihr klar, dass dies kein normaler Fall für sie werden würde. Noch am Fundort der Leiche wurde sie von Panik ergriffen, die sie vor ihrem Chef und dem ganzen Team überspielt hatte. Sie kannte den Toten und wusste, wer er wirklich war. Aber wenn sie seine Identität offenlegte, würde sie sich selbst in große Gefahr bringen. Sie musste abwarten, in welche Richtung der Fall verlief.
Olivia hasste Heimlichtuereien. Das war ihr mindestens genauso unangenehm wie das Auftauchen des Toten. Aber vorerst musste sie schweigen und ihr Geheimnis für sich behalten.
Dr. Klose hatte das sechzehnköpfige Team nicht in sein Büro bestellt, wie es seine Gewohnheit war, sondern in den großen Besprechungsraum des Polizeipräsidiums in L 6 der Mannheimer Quadrate. Viel lieber hätte er bei so einer Besprechung hinter seinem Schreibtisch gesessen, aber das war nicht möglich. Überall in seinem Büro standen Umzugskisten.
Die Kriminalpolizei Mannheim wurde aufgrund der Polizeireform in Baden-Württemberg nach Heidelberg verlegt. In wenigen Tagen stand der Umzug an, dann hieß es Abschied nehmen für die Kripo. Klose war sich sicher, dass dies für ihn kein Abschied auf lange Zeit war. Er war ehrgeizig, hatte einen tadellosen Lebenslauf und spekulierte auf den vakanten Posten des Polizeipräsidenten. Ganz gleich, wie seine Zukunft aussah, ging es aber zunächst mit seiner gesamten Abteilung in einer Woche nach Heidelberg. Seine Gedanken an die nahe Zukunft verflogen, und

er konzentrierte sich wieder auf das Hier und Jetzt. Angespannt stand er nun vor seinem Team und erläuterte den Stand der Ermittlungen.
»Wir müssen von einem Mord ausgehen, wobei wir erst Gewissheit haben, wenn der Bericht der Kriminaltechnischen Untersuchung vorliegt«, schloss er seinen Bericht ab.
Olivia beobachtete ihn genau. Klose war ein ernster Mensch und zeigte höchst selten Humor, aber so ernst wie heute hatte sie ihn noch nicht gesehen, seit sie letzten Sommer ihren Dienst in Mannheim angetreten hatte. Er sprach langsam und überlegt. Jedes Wort legte er auf die Waagschale, einer seiner üblichen Versprecher passierte ihm nicht. Er wollte sich nicht anmerken lassen, dass er nervös war.
Einer der Profiler meldete sich zu Wort.
»Können Sie noch etwas mehr über die Identität des Toten sagen?«, forderte er Klose auf.
Olivia durchzuckte es. Die Identität des Toten. Sein wahrer Name ... Ihr Herz schlug schneller und sie fühlte ein unangenehmes Kribbeln in der Magengegend. Äußerlich wollte sie sich aber nichts anmerken lassen. Da ging es ihr genauso wie ihrem Chef. Zum Glück stand sie nicht vor der Gruppe, sondern saß mitten im Team. Und die Augen der anderen richteten sich nach vorne. Das beruhigte sie etwas. Sie konnte auf keinen Fall vor ihren Kollegen über die Identität der Leiche sprechen.
»Wir wissen nichts weiter, als dass er Arndt Schulte heißt, fünfundsechzig Jahre alt war und in Berlin wohnte.«

»Was sagen die Kollegen aus Berlin?«, forschte der Profiler nach.
»Wir haben noch keine Antwort«, entgegnete Klose. »Sobald es einen vollständigen Bericht über den Toten gibt, werden Sie alle darüber informiert.«
Olivia schluckte. Die Kollegen aus Berlin ...
Sie erinnerte sich an ihre Zeit bei der Berliner Kriminalpolizei. Fünf Jahre hatte sie dort gearbeitet. Und sie war durch die Hölle gegangen, bis sie nach Mannheim versetzt werden musste. Nun brachte der Tote ihre Vergangenheit hierher.
Ihre Gedanken wurden von Fatih Üstbas unterbrochen, der an der Tür angeklopft hatte und nun den Raum betrat.
»Gibt es Neuigkeiten?«, fragte Klose und drehte sich zum Leiter der Kriminaltechnischen Untersuchung um.
»Ja. Der Obduktionsbericht ist fertig.«
Fatih lief ans Rednerpult, steckte einen Memorystick in das Präsentationslaptop und begann, seine Ergebnisse dem Kollegenkreis vorzustellen.
»Mit ziemlicher Sicherheit ist der Tod gestern Abend zwischen 19:30 und 20:30 Uhr eingetreten. Er starb jedoch nicht durch Ertrinken, das heißt, er ist nicht ins Wasser gefallen. Der Tod trat durch eine Kopfverletzung am Hinterkopf ein.«
Ein Raunen ging durch die Runde.
»Zudem konnten wir an der Leiche leichte Kampfspuren erkennen. Er war nicht gerade in eine schwere Auseinandersetzung wie in einen Faustkampf verwickelt, meine Damen und Herren, dennoch es ist

höchstwahrscheinlich, dass er gestoßen wurde, mit dem Hinterkopf auf den Steinen aufschlug und so zu Tode kam.«
Fatih klickte in seiner Präsentation weiter und zeigte nun Bilder vom Tatort, von den Stöcken, die zu einem Pentagramm zusammengelegt worden waren und von den kleinen Felsstücken, auf denen er Blut entdeckt hatte.
»Dies ist der Tatort«, fuhr er fort. »Das Blut auf den Steinen konnte eindeutig dem Opfer zugeordnet werden.«
Fatih warf Olivia einen kurzen Blick zu, der ihr zu verstehen gab, dass sie sich einschalten sollte.
Sie räusperte sich kurz.
»Kollege Moritz Martin hat den Tatort am Gebirgsbach im Luisenpark entdeckt ...«
»Moritz? Der soll sich lieber ausruhen und darüber nachdenken, wie man Auto fährt«, rief der Profiler dazwischen.
Ein Lachen ging durch die Runde.
Olivia ließ sich davon nicht beirren.
»Dieses Pentagramm untersuchen wir gerade. Im Moment gibt es dazu noch nichts zu sagen. Wir müssen die Stöcke noch genauer untersuchen lassen, was die Kriminaltechnische Untersuchung übernimmt, sobald der Obduktionsbericht fertig ist.«
»Also jetzt«, fügte Fatih mit einem Lächeln hinzu.
»Ich gehe davon aus, dass das Pentagramm nicht vom Mörder aufgestellt wurde, um einen okkulten Ort zu markieren, sondern von einem Zeugen. Diese Person müssen wir finden. Unbedingt.«

***

Nach der Besprechung verließ Olivia als Erste den Saal. Sie wollte so schnell wie möglich in ihr Büro, um dort für ein paar Minuten allein über den Fall nachzudenken. Auch dort stapelten sich Umzugskisten. Doch auf dem Gang hörte sie Schritte hinter sich.

»Olivia!«

Es war Fatih, der sich ebenfalls beeilt hatte, aus der Besprechung zu kommen.

»Moritz wartet in meinem Büro auf uns. Komm mit.«

Irgendwie war Olivia nicht überrascht, dass sich Moritz nicht zu Hause ausruhen und die Finger von dem Fall lassen konnte. Sie folgte Fatih in sein Büro.

»Warum habe ich gewusst, dass du dich nicht aus diesem Fall raushalten kannst, Moritz Martin?«

Moritz hatte es sich in Fatihs Schreibtischstuhl bequem gemacht und die Füße samt seiner Bikerboots auf den Schreibtisch gelegt.

Als Olivia und Fatih den Raum betraten, zog er seine Füße vom Tisch und stand langsam auf.

»Ohne mich geht es hier doch nicht. Das müsste doch jeder wissen, Prinzessin«, zwinkerte er seiner Kollegin zu.

»Im Ernst, ich hab ein paar Neuigkeiten, die ich nicht gleich in die große Runde werfen, sondern zunächst mit dir besprechen wollte«, erklärte er sich.

Er legte die Fotos vom Tatort auf den Tisch.

»Um einen Zufall handelt es sich ohnehin nicht.

Alle fünf Stöcke sind exakt gleich lang. Sie stammen alle von derselben Pflanze. Und diese Pflanze steht höchstwahrscheinlich im Luisenpark.«
Olivia runzelte die Stirn.
Moritz lehnte sich zurück und verschränkte die Arme hinter seinem Kopf. Er dachte nach.
Olivia setzte sich an Fatihs Computer und suchte nach Informationen über Pentagramme im Internet. Schweigend las sie, was sie dort fand.
»Besonders solide sind die Informationen im Internet nicht«, ermahnte sie Moritz halb scherzend, halb ernst. Olivia ließ sich aber nicht von den Bemerkungen ihres Kollegen abhalten, sondern las sich durch einen Artikel über Pentagramme.
»Ich erinnere mich, dass Mephisto, also der Teufel, in Goethes Faust, das Zimmer oder Haus von Faust nicht verlassen konnte, weil davor auf dem Boden ein Pentagramm aufgemalt war. Es könnte hier in unserem Fall ein Zeichen sein, um den Teufel abzuhalten«, erklärte Fatih.
»Da hat aber jemand in der Schule gut aufgepasst«, neckte Moritz seinen Kollegen, »ich stimme dir aber zu. Das könnte ein satanisches Symbol sein oder das Gegenteil. Ein Symbol, um den Teufel fernzuhalten.«
Nun schaltete sich auch Olivia in die Überlegungen mit ein.
»Das Symbol könnte alles und nichts bedeuten. Es kommt in unglaublich vielen Kulturen und Kreisen vor. In der Antike galt es als Symbol der Venus und der Gesundheit. In der Geometrie ist es bedeutsam wegen seines goldenen Schnitts, deshalb wurde es

auch in den Kirchenbauten verwendet. Im Mittelalter wurde es unter dem Namen Drudenfuß auch als Bannzeichen gegen das Böse verwendet.«
»Ich würde im Moment davon ausgehen, dass ein Zeuge den Mord beobachtet hat, sich vor dieser Stelle fürchtete und das Pentagramm um die Stelle herum errichtet hat«, fasste Fatih zusammen.
»Nur was für ein Zeuge tut so etwas? Warum ist er nicht zur Polizei?«, fragte Olivia.
In diesem Moment klingelte ihr Handy. Es war Dr. Klose.
»Wo sind Sie, Frau von Sassen?«
»In der Kriminaltechnischen Untersuchung. Wir haben Neuigkeiten.«
»Wir auch!«, entgegnete Klose. »Wir wissen nun, in welchem Hotel Arndt Schulte in Mannheim abgestiegen war. Wir treffen uns mit Tom Schiller in zwei Minuten im Innenhof und fahren zum Astoria Hotel.«
»Alles klar, Chef. Ich bin unterwegs.«
»Ist Dr. Üstbas in der Nähe? Er soll sich mit seinem Team bereithalten und nachkommen.«
»Ich richte es ihm aus.«
Olivia stand auf und verabschiedete sich von Moritz: »Ich ruf dich später an. Schön, dass du an Bord bist.«
»Ich kümmere mich noch ein wenig um das Pentagramm, Prinzessin«, versprach Moritz.
»Und Fatih, wir sehen uns ja gleich«, zwinkerte Olivia dem Gerichtsmediziner zu und verließ sein Büro.

***

Klose, Tom und Olivia betraten das Astoria-Hotel in den Quadraten. Es war nicht sonderlich groß, bot jedoch internationalen Standard und lag vor allem zentral. Wie viele Gebäude der Mannheimer Quadrate war auch dieses in den Jahren des Wiederaufbaus nach dem Zweiten Weltkrieg schnell neu errichtet worden. Die Fassade des Hotels sah grau und lieblos aus.

Dr. Klose schritt durch eine getönte Glastür voran ins Innere des Hotels. Ihm folgte Olivia. Tom Schiller bildete das Schlusslicht. Olivia überkam ein unangenehmes Gefühl. Vielleicht lag es am Geruch der Rezeption. Sie dachte an Schimmel und alte, vermoderte Möbel. Hier wäre sie nicht abgestiegen, war sie sich sicher. Selbst wenn im Internet noch so schöne Bilder das Hotel vermarkten würden. Auf dem grünen Teppichboden, der sich durch das ganze Foyer erstreckte, lag zudem ein langer orientalischer Läufer, wie sie ihn lange nicht mehr gesehen hatte. Er verstärkte ihren schlechten Eindruck vom Hotel.

»Hallo! Was kann ich für sie tun?«, fragte die junge Hotelangestellte an der Rezeption. Olivia schätzte sie auf Ende zwanzig. Mit ihrer sportlichen, zierlichen Figur und ihrem langen, blonden Pferdeschwanz wirkte sie wie eine Fitnesstrainerin. Wahrscheinlich trieb sie privat viel Sport.

Klose beugte sich über die Rezeption, um das Namensschild der Angestellten lesen zu können.

»Frau, äh ..., Meis. Guten Tag. Mein Name ist Klose. Wir sind von der Kriminalpolizei Mannheim«, stellte er sich vor.

Anke Meis erschrak. Bevor sie sich wieder gefasst hatte, hielt Klose ihr seinen Dienstausweis unter die Nase und fuhr fort: »Wir möchten in das Zimmer einer Ihrer Gäste. Arndt Schulte.«
Anke Meis sah erst Klose und dann Olivia und Tom mit großen Augen an. Dann hatte sie sich wieder gefasst.
»Ja, gut. Okay«, murmelte sie, als sie an ihrem Computer die Liste mit den Gästen und Zimmernummern durchging. »Moment. Schulte. Hier. Zimmer 383.«
»Ist Ihnen irgendetwas an dem Zimmer oder Herrn Schulte aufgefallen, Frau Meis?«, fragte Olivia.
Anke Meis schüttelte den Kopf.
»Was soll mir aufgefallen sein?«
»Wann haben Sie ihn zum letzten Mal gesehen?«, forschte die Kommissarin weiter.
Die Hotelangestellte überlegte eine Weile.
»Ich glaube, ich habe ihn nur ein einziges Mal gesehen. Ich hatte vorgestern Nachmittag Dienst, als er eingecheckt hat.«
»Gestern haben Sie ihn nicht gesehen?«
Anke Meis schüttelte abermals den Kopf.
»Was ist mit ihm? Warum fragen Sie mich das?«
Dr. Klose räusperte sich und baute sich vor ihr auf.
»Arndt Schulte wurde heute morgen tot aufgefunden«, erklärte er.
»Aber doch nicht hier im Hotel?«, entgegnete Anke Meis wie aus der Pistole geschossen.
»Ich darf Ihnen über die Ermittlungen nichts sagen. Würden Sie uns Zutritt zu seinem Zimmer verschaffen?«

Sie nickte, griff hinter sich in das Schlüsselbord und zog einen Schlüssel ab. Dann lief sie um die Theke der Rezeption herum zum Fahrstuhl und deutete den dreien an, ihr zu folgen.
Die Kommissare fuhren mit ihr in den dritten Stock. Auch diese Etage hinterließ bei Olivia einen unangenehmen Eindruck. Zwar gab es hier keinen alten, grünen Teppichboden, dafür zeigten die weißen Bodenplättchen gepaart mit der ehemals weißen Raufasertapete, die bereits zum Teil gelblich verblichen war, in welch ungepflegtem Zustand sich auch der Rest des Hotels befand.
Ihre Schritte hallten durch den Gang, bis sie Zimmer 383 erreicht hatten. Anke Meis schloss auf und öffnete die Tür. Auf den ersten Blick war mit dem Zimmer alles in Ordnung.
»Wurde heute Morgen hier geputzt?«, fragte Tom.
»Ich nehme es an. Eigentlich werden alle belegten Zimmer am Vormittag geputzt.«
»Bitte geben Sie mir doch die Kontaktdaten der Putzfrau, Frau Meis. Und wenn die Spurensicherung ankommt, dann schicken Sie sie hier hoch. Ja?«, wies Tom die Hotelangestellte an. Sie hatte noch immer einen erschrockenen Gesichtsausdruck, dennoch konnte Olivia sehen, dass ihr der Ton ihres Kollegen gar nicht gefiel.
Anke Meis verschwand.
Olivia blickte ihr noch eine Weile nach, dann folgte sie ihren Kollegen in das Hotelzimmer.
»Wie kann das sein, Frau von Sassen?«, hörte sie ihren Chef sagen. Olivia wusste nicht, was er meinte.

Das Zimmer war spartanisch eingerichtet. Der Koffer des Toten war geöffnet, der Inhalt aber nicht ausgepackt. Was meinte Klose?
Er stand direkt neben Tom Schiller und versperrte ihren Blick auf den Schreibtisch des Hotelzimmers. Olivia schaute sich noch kurz im Zimmer um und stellte sich dann direkt neben ihre Kollegen.
»Wie kann das sein?«, wiederholte Klose und deutete auf einen Stapel Fotos, die auf dem Schreibtisch lagen.
Olivias Puls erhöhte sich schlagartig. Sie ergriff den Stapel und erkannte sich selbst auf den Fotos. Zitternd legte sie sie zurück auf den Tisch.
»Ich weiß es nicht.«

***

Der Schock saß tief. Olivia war sich nun sicher, dass der Mann, der sich Arndt Schulte nannte, ihretwegen nach Mannheim gekommen war. Sie hatte keinen Zweifel daran. Und sie befürchtete, dass sie wusste, was er von ihr wollte.
Nachdem die Kriminaltechnische Untersuchung im Hotel angekommen war, hatte sie sich aus dem Hotelzimmer zurückgezogen. Klose hatte besorgt auf sie eingeredet, doch Olivia wollte nur noch schnellstmöglich weg. Am nächsten Morgen, so versprach sie ihrem Chef, würde sie fit im Büro erscheinen.
Auf dem Weg nach Hause fing es leicht an zu tröp-

feln. Doch Olivia entschied sich, trotzdem zu Fuß nach Hause zu gehen. Sie brauchte etwas Luft und versprach sich davon einen klareren Kopf.
Aus den Quadraten heraus betrat sie den Friedrichsring, überquerte diesen in Höhe des Nationaltheaters und schritt weiter bis zum Wasserturm, dem Wahrzeichen Mannheims.
All die Zeit trieb sie die Frage um, ob der Mann allein nach Mannheim gekommen war oder ob er noch Unterstützung hatte. War er allein gewesen, wäre sie in Sicherheit. Doch sobald eine weitere Person hier wäre, könnte sie in ernsthafter Gefahr schweben. Sie begann zu schwitzen und ihr Herz schlug schneller, als hätte sie einen viel zu starken Kaffee getrunken. Das Atmen fiel ihr schwer. Sie lief die Augustaanlage entlang und konnte von diesem Gedanken nicht ablassen. War da noch eine zweite Person? Als sie rechts in die Mollstraße einbog, kam ihr etwas anderes in den Sinn, das mindestens genauso wichtig für sie war. Für sie als Mensch, nicht als Polizistin. Wer hatte den Mann umgebracht? Hatte sie einen Schutzengel? Fieberhaft ging sie alle Informationen über den Mann durch. Hatte er eine Verbindung nach Mannheim? Hatte er irgendwelche Feinde, die ihm nach dem Leben trachteten? Oder hatte gar sie einen mächtigen Beschützer, der im Verborgenen agierte? Sie wusste nicht, was sie davon halten sollte. Auf all diese Fragen hatte sie keine Antwort. Und das quälte sie.
Als sie endlich bei sich in der Schwetzinger Vorstadt ankam, öffnete sie den Briefkasten und zog eine Men-

ge Werbeprospekte und Wurfsendungen heraus. Sie hatte ihn seit zwei, drei Tagen nicht mehr geleert. Ganz unten in ihrem Briefkasten fand sie einen weißen Umschlag. Auf ihm war weder ein Absender noch ein Empfänger zu finden.
Lange starrte sie auf den Umschlag, dann zog sie ihn mit zittrigen Fingern aus dem Briefkasten. Sie hoffte, dass sie Unrecht behielt. Aber im Grunde wusste sie bereits, von wem dieses Schreiben stammte.
Sie warf die Werbematerialien in die Tonne im Hinterhof und ging die zwei Stockwerke hinauf in ihre Wohnung. Im Gang zog sie die Schuhe aus, hing den Schlüssel ans Schlüsselbord, warf ihre Jacke über einen alten Sessel, der im Gang ihrer Wohnung stand, und bog in die Küche ein.
Dort legte sie den Umschlag auf den Tisch und setzte sich. Sie stützte ihren Kopf auf ihren Händen ab und brütete eine Weile über dem Umschlag. Sie hatte Angst, dass der Brief von ihm war, der sich hier in Mannheim als Arndt Schulte ausgegeben hatte. Sie war sich sogar sicher, dass er das Schreiben verfasst hatte. Wahrscheinlich musste er es selbst am gestrigen Abend, bevor er ermordet wurde, bei ihr in den Briefkasten geworfen haben. Nur wollte sie es lesen?
Nach einer Weile öffneten ihre Finger beinahe wie von selbst vorsichtig den Umschlag.
»Ich weiß, wie du dich nun nennst.« Das war alles, was auf einem weißen Zettel stand. Der Brief war von dem Mann, der sich Arndt Schulte nannte und er kannte ihre Adresse. Olivia atmete tief durch. Zum Glück war er tot.

***

Die Ereignisse des Tages hatten Olivia schwer getroffen. Sie verstand nicht vollständig, worum es bei dieser Sache ging. Dennoch war ihr bewusst, dass dies kein gewöhnlicher Fall für sie werden würde. Sie hatte damals geschworen, ihre Vergangenheit zu verschweigen. Dies hatte sie nicht aus einem Pflichtgefühl heraus getan, sondern zu ihrem Selbstschutz. Nun hatte sie das dringende Bedürfnis, sich jemandem zu offenbaren. Auch und vor allem zu ihrem Schutz.

Sie setzte sich einen Tee auf, hüllte sich in eine warme Wollweste und machte es sich in ihrem Lesesessel bequem. Vielleicht würde es ihr helfen, ein Buch zu lesen?

Sie überflog ihr Regal. Dann nahm sie willkürlich ein Buch heraus und begann darin zu lesen. Doch schon nach zwei Abschnitten merkte sie, dass das Buch sie nicht ablenken konnte. Sie konnte kaum dem Gelesenen folgen, zu sehr drehten sich ihre Gedanken um die Vergangenheit.

Vorsichtig nahm sie einen Schluck ihres heißen Tees und überlegte sich, ob sie Moritz anrufen sollte. Vielleicht war dies wirklich eine gute Idee. Er war momentan nicht im Dienst, er kannte sie gut – und hoffentlich würde er Verständnis für sie haben.

Sie erreichte ihn auf seinem Handy. Er war glücklicherweise nicht weit entfernt, sondern hatte sich mit mehreren Freunden im Café Lido getroffen. Olivia

musste nicht viel erzählen. Er versprach ihr, sofort bei ihr vorbeizukommen.
Es war gegen 22 Uhr, als es an Olivias Tür klingelte. Aufgeregt sprang sie auf und öffnete die Tür. Es war Moritz. Endlich.
»Schön, dass du es einrichten konntest«, rief sie ihm im Treppenhaus entgegen.
»Schön, dass ich es einrichten durfte«, entgegnete er.
Er kam durch ihre Wohnungstür. Olivia fragte ihn, ob er ablegen wollte. Doch Moritz behielt seine heißgeliebte Lederjacke lieber an.
Olivia führt ihn in ihren Wohn- und Schlafraum, wo sich Moritz auf die Couch fallen ließ. In der Zwischenzeit suchte sie in der Küche nach einer zweiten Tasse, um ihm ebenfalls einen Tee zu bringen.
»Bier hab ich nicht«, sagte sie, als sie ihm die Tasse vor die Nase stellte.
»Ist schon okay. Damit hatte ich auch nicht gerechnet.«
Sie setzte sich wieder in ihren Stuhl und schwieg eine Weile, weil sie nicht wusste, wo sie beginnen sollte. Aber schon die Tatsache, dass sie nun nicht mehr allein war, tat ihr gut.
Moritz beobachtete sie eine Weile, dann fragte er, was los sei.
Olivia nahm einen weiteren Schluck Tee, so als würde sie dadurch etwas Zeit gewinnen, um sich die Antwort in Ruhe zu überlegen. Nachdem sie die Tasse abgestellt hatte, begann sie: »Was ich dir jetzt erzähle, muss unter uns bleiben, Moritz.«

Er nickte. Ihr reichte diese Bestätigung jedoch noch nicht, deshalb hakte sie nach und blickte Moritz fest an: »Versprochen?«
Ahnungslos, was auf ihn zukommen würde, ging er auf Olivia ein: »Versprochen.«
Olivia stellte die Tasse ab.
»Ich kenne die Leiche.«
Moritz blieb gelassen.
»Und, was ist das Problem?«
»Die Leiche kennt mich auch. Sie war meinetwegen hier in Mannheim.«
»Prinzessin, übertreib mal nicht.«
Olivia ließ ihren Kopf nach hinten fallen und starrte einige Augenblicke an die Zimmerdecke. Dann senkte sie ihr Haupt wieder und wandte sich ihrem Kollegen zu.
»Ich übertreibe nicht. Wir haben Fotos in seinem Hotelzimmer gefunden, die entweder er oder ein Privatdetektiv in den letzten Wochen heimlich von mir in der Öffentlichkeit gemacht hat.«
Moritz wurde nachdenklich. Olivia könnte wirklich in Gefahr gewesen sein. Vielleicht war sie es immer noch! Dann griff seine Kollegin langsam neben sich ins Regal und zog den Umschlag hervor, den sie am Abend in ihrem Briefkasten gefunden hat.
»Das ist ein Brief, den er mir in den Briefkasten gesteckt hat, um mich einzuschüchtern.«
Sie drückte Moritz den Umschlag in die Hand. Er öffnete ihn langsam und betrachtete die Botschaft, die der Tote seiner Kollegin geschickt hatte. Sein Blut stockte in den Adern.

»Du musst hier sofort weg!« Panik ergriff ihn. Er spürte, dass er irgendwie handeln musste.
Moritz hatte Angst um seine Kollegin. Die Vorstellung, ihr könnte etwas zustoßen, schnürte ihm die Kehle zu. Er musste handeln, um sie zu beschützen. Am besten sofort.
»Das ist noch nicht alles, Moritz«, entgegnete Olivia. »Ich kenne zudem seine wahre Identität. Er heißt nicht Arndt Schulte. Das muss irgendein Deckname sein.«
»Sondern?«
Als Olivia nicht sofort reagierte, hakte er hektisch nach: »Wie heißt er wirklich?«
Bedächtig antwortete Olivia.
»Das darf ich nicht sagen.«
»Was?! Warum darfst du das nicht sagen? Wer gackert, muss Eier legen! Raus mit der Sprache, Prinzessin!«
Moritz verstand die Welt nicht mehr. Sie war in Gefahr und enthielt ihm wichtige Informationen vor. Das konnte nicht sein! Das durfte nicht sein! Wie sollte er sie denn dann beschützen können?
»Ich bin Teil des Kopenhagen-Programms. Wenn du verstehst, was ich meine.«
Moritz nickte verständnisvoll. Allerdings hatte er keine Ahnung, wovon Olivia sprach. Von einem Kopenhagen-Programm hatte er noch nie gehört. Vor seiner Kollegin wollte er sich allerdings nicht die Blöße geben, dass er das Programm nicht kannte.
»Wenn es der Ermittlung hilft, dann musst du alles sagen, was du über den Täter, das Opfer oder jegli-

che Spur weißt! Du musst! Verstehst du? Wir sind Bullen, Prinzessin!«
»Ich weiß«, nickte Olivia, »genau das ist mein Problem.«

***

»Dort ist es passiert«, hörte sich die junge Frau laut sagen und zeigte aus einiger Entfernung über die Absperrung der Polizei hinweg auf die Stelle, an der der Mann gestorben war. Sie wunderte sich sogleich über diesen Satz und fragte sich, zu wem sie dies eigentlich sagte. Denn sie wusste, was geschehen war. Sie würde diese Bilder mit sich herumtragen und sie nie wieder vergessen können, so sehr hatten sie sich in ihre Seele eingebrannt.
Neben ihr stand der junge Mann und hielt sie fest an der Hand. Nach Sonnenuntergang waren sie gemeinsam in den Luisenpark eingestiegen. Das war riskant. Wenn sie erwischt würden, könnte man sie für die Täter halten. Beide hatten jedoch das tiefe Bedürfnis, an den Ort zurückzukommen, an dem gestern Abend alles geschehen war.
Die Stimmung kam ihnen beiden vor wie in einem Traum. Irgendwie fühlte es sich nicht so an, als wären sie unter freiem Himmel. Nein, dieser war über sie gespannt, wie ein schützendes Dach. Er schien zum Greifen nah. Auf seltsame Weise gab er ihnen Geborgenheit. Noch nie hatten sie den Luisenpark

bei Nacht gesehen und schwebten nun wie zwei Geister über die Wege zwischen den Pflanzen und Attraktionen hindurch. Dort, wo tagsüber Leben herrschte, wo man Kinder lachen hörte, wo deren Eltern grillten und sich entspannten, dort herrschte jetzt Totenstille.

Die junge Frau stand noch immer unter Schock, während der junge Mann leichter mit dem Vorfall umgehen konnte. Er war abgebrühter und er hatte nicht zum ersten Mal einen Toten gesehen. Dessen war sich die junge Frau sicher. Sie fröstelte ein wenig und legte ihren Kopf an die Seite des Mannes. Lässig stand er da und starrte in die Ferne, dann schließlich zog er die junge Frau an sich heran und drückte sie fest an seine Brust. Als sie zu ihm aufschaute, gab er ihr zärtlich einen Kuss auf die Stirn. So wie er es immer tat, wenn er ihr zeigen wollte, dass er sie liebte. Sie fühlte sich in solchen Momenten geborgen bei ihm und konnte das Unheil der Welt vergessen. Doch diesmal war es anders.

»Jetzt, wo der Mann tot ist, werde ich nie erfahren, was mit Papa passiert ist.« Diesen Satz sprach sie nun bewusst laut aus. Laut und mit klarer, trauriger Stimme, die hallte, als wäre sie in einem Kellerverlies. Sie sprach so bewusst, dass sie beinahe wie ein Roboter klang, der jede einzelne Silbe betonte, als wäre sie die Bedeutendste im ganzen Satz. Trotzig presste sie ihre Lippen zusammen. Eine Träne lief ihr dabei über die Wange. Sie wagte nicht, sich diese Träne aus dem Gesicht zu wischen. Langsam kullerte sie von ihrem feuchten Auge hinab.

»Wir machen weiter. Irgendwann kennen wir die ganze Wahrheit, Schatz. Das verspreche ich dir hoch und heilig«, antwortete der junge Mann und fuhr der Frau mit der Hand durchs Haar.
Die junge Frau riss sich aus seiner Umarmung und wandte sich vom Tatort ab. Sie ertrug den Blick nicht länger und wünschte sich, alles ungeschehen machen zu können. Sie ging ein paar Schritte den Bach entlang und folgte seinem Lauf mit ihrem Blick. So verharrte sie eine Weile. Als sie aber merkte, dass der junge Mann ihr nicht folgte, drehte sie sich um, packte ihn bei der Hand und zog ihn hinter sich her. Zunächst ließ sich der junge Mann ein paar Meter weit ziehen, dann holte er mit einem schnellen Zwischenschritt auf und legte seinen Arm um die junge Frau. Gemeinsam schlenderten sie so am nächtlichen Ufer des Kutzerweihers entlang bis zur großen Liegewiese, auf der sich tagsüber die Menschen sonnten, Fußball spielten oder gemeinsam grillten.
Als die junge Frau inmitten der Wiese stand, blickte sie nach oben in die Sterne. Die Nacht war klar und dunkel. Die Lichter der Stadt waren weit genug entfernt, sodass sie den Blick auf die Sterne nicht trüben konnten. Das Firmament breitete seine ganze schaurige Schönheit über den beiden aus. Die junge Frau hatte den Eindruck, dass der Himmel nur wenige Meter über ihnen schwebte und sie wie eine Krake umklammerte. Es gab kein Entkommen. Ein Schauder lief ihr über den Rücken.
Sie überlegte und dachte an die Ereignisse der letzten Tage. Noch am letzten Wochenende waren sie

und ihr Freund glücklich hier auf dieser Wiese gelegen. Mit gemeinsamen Freunden waren sie in der Frühjahrsonne gesessen, hatten gegrillt und den Sommer damit sehnsüchtig herbeigerufen. Bei all der Freude und Ausgelassenheit hatten sie nicht geahnt, welch schreckliche Ereignisse diese Woche mit sich bringen würde.

Aber das Geschehene war geschehen. Unwiderruflich. Den ganzen Tag hatte sie sich gesagt, dass sie sich damit abfinden musste. Nach all den Jahren! Aber wie konnte sie das? Wie konnte man sich mit so etwas abfinden? Sie wäre froh gewesen, wenn das einfach so auf Knopfdruck gegangen wäre. Es würde Jahre dauern, bis sie es verarbeitet hatte.

Aber das war nur eines ihrer Probleme. Ein Zweites drängte sich ganz unweigerlich auf. Sie schielte zu ihrem Freund herüber, der ebenfalls in den Himmel starrte. So wie sie ihn kannte, schaute er jedoch nicht die Sterne an, sondern blickte ins Leere.

»Sollen wir es melden?«, fragte die junge Frau unsicher.

Er brauchte eine Weile, um ihr zu antworten. Eigentlich wollte er auf die Frage gar nicht antworten. Doch dann kam ihm ein Gedanke, der ihm wieder Hoffnung gab.

»Nein, ich hab eine bessere Idee.«

zwei

Olivia hatte in dieser Nacht schlecht geschlafen. Bis in die frühen Morgenstunden war sie immer wieder aufgewacht, hatte sich in ihrem Bett gewälzt und nach erfolgversprechenden Schlafpositionen gesucht. Sie wickelte sich in ihre Bettdecke ein, nur um wenig später festzustellen, dass sie sich so wild gedreht hatte, dass die Decke bis auf den Boden hing. Die Gedanken an den Mord im Luisenpark suchten sie heim und versetzten sie in Unruhe. Zu keinem Zeitpunkt konnte sie wirklich Schlaf finden, geschweige denn in eine erholsame Tiefschlafphase kommen. Moritz hingegen war gleich nach ihrem Gespräch auf der Couch eingeschlafen. Die Lederjacke hatte er dazu ausgezogen.

Jetzt, wo sie zur Arbeit musste, lag Moritz noch immer auf der Couch und schnarchte leise. Sie schrieb ihm einen kleinen Zettel und bedankte sich, dass er die Nacht über bei ihr geblieben war. Neben den Zettel stellte sie eine Müslipackung samt Milch sowie einen Kaffee, der sicherlich kalt war, wenn Moritz erwachen würde. Sie wusste, dass er ein Langschläfer ist.

Nach der allmorgendlichen Dusche und einem heißen Kaffee fühlte sie sich einigermaßen erfrischt und bereit für die Arbeit. Ein letzter Blick in den Spiegel sagte ihr, dass sie ihre Lockenpracht heute offen tragen sollte. Bevor sie das Haus verließ, entschied sie sich jedoch um und band ihre Haare mit einem Gummi zusammen.

Es war ein grauer, trüber Morgen. Nach dem schönen Wetter der letzten Tage war dies eine Ernüchterung. Die Vorboten des Sommers waren verschwunden. Regenwolken hingen über der Stadt und es begann sehr bald zu tröpfeln. Olivia zog ihre Jacke zu und setzte sich in ihren Dienstwagen, um zum Polizeipräsidium zu fahren.

Sie fuhr auf die Augustaanlage und steuerte direkt auf den Wasserturm zu. Ihre Gedanken drehten sich wieder um den Mann, der sich Arndt Schulte nannte. Wovor hatte sie eigentlich Angst, fragte sie sich. Ihres Wissens muss Arndt Schulte allein gehandelt haben. Wenn er nun tot war, bestand keine weitere Gefahr für sie.

Aber wenn nicht?

Sie blickte in den Rückspiegel und fragte sich sofort, ob sie der Fahrer im Auto hinter ihr verfolgte. War er nicht schon seit einer ganzen Weile hinter ihr? Olivia wurde misstrauisch. Sie war darauf geschult, immer kritisch zu sein, ihre Umwelt kritisch zu beobachten. Doch warum sollte sie gerade jetzt jemand verfolgen? Kritisch zu sein und eine Paranoia zu spüren, waren zwar zwei verschiedene Dinge. Sie lagen jedoch verdammt nah beieinander. Olivia kannte solche Gedanken. Für eine Kommissarin fielen sie in die Sparte Berufsrisiko. Normalerweise konnte sie sie schnell verwerfen. Doch heute knabberte Olivia daran. Aus irgendeinem Grund kam ihr der grüne Corsa verdächtig vor. Und wenn sie etwas in den Jahren ihrer Berufstätigkeit gelernt hatte, dann war es, dass sie auf ihr Bauchgefühl hören sollte. Also nahm sie den Verfolger ernst, ganz gleich, ob er wirklich etwas von ihr wollte.

Als sie rechts an den Arkaden entlang um den Wasserturm herum fuhr, war immer noch dasselbe Auto hinter ihr. Allmählich wurde Olivia nervös. Deshalb blinkte sie erst spät, als sie links auf den Ring in Richtung Bahnhof abbiegen musste. Der Fahrer hinter ihr folgte ihr stoisch. Sobald sie sich einordnete, wechselte auch er die Fahrspur. Das brachte Olivia schließlich völlig aus dem Konzept. Fuhr er ihr wirklich hinterher?!

Als sie an der nächsten Ampel warten musste, starrte sie in ihren Rückspiegel und versuchte den Mann zu erkennen. Durch den Regen war es schwer sein Gesicht auszumachen. Nur schemenhaft konnte sie erkennen, dass der Mann wohl in ihrem Alter sein musste. Das, was sie von seinen Gesichtszügen erkennen konnte, kam ihr nicht bekannt vor. Auch war sie sich unsicher, ob er in ihre Richtung oder ins Leere starrte. Verfolgte er sie nun oder bildete sie sich das alles nur ein?

Sie fuhr den Ring weiter, bis sie schließlich rechts auf die Bismarckstraße einbiegen musste. Sie entschloss sich zu einem kleinen Manöver. Olivia ordnete sich in die mittlere Spur ein, die geradeaus und nach rechts führte. Der mysteriöse Fahrer folgte ihr. Als die Ampel für die Rechtsabbieger auf grün sprang, gab sie Vollgas und zog an den Autos vorbei, die sich auf die rechte Spur eingeordnet hatten.

Der BMW, der sie anhupte und dem sie die Vorfahrt nahm, interessierte sie nicht. Sie war nur froh, dass sie ihren vermeintlichen Verfolger abgehängt hatte. Nun fuhr sie auf der Bismarckstraße bis zum Polizeipräsidium. Von Erleichterung war bei Olivia jedoch nichts zu spüren. Sie ärgerte sich, dass sie nicht angehalten und den Fahrer hinter sich gefragt hatte, was dieses Verfolgungsspielchen soll. Eine vertane Chance! Verärgert bog sie ab und steuerte die Tiefgarage des Polizeipräsidiums an.
Als sie ihren Dienstwagen am Polizeipräsidium abstellte, war sie erleichtert. Die Situation mit ihrem Verfolger erschien ihr plötzlich vollkommen unwirklich. Hatte sie sich das eingebildet? Litt sie unter Verfolgungswahn? Olivia schüttelte sich. Und ihr Fahrmanöver? Sie hatte wohl zu viel Zeit mit Moritz verbracht.

***

»Wie schaust du denn aus?«, begrüßte Tom seine Kollegin auf dem Gang vor dem großen Besprechungszimmer mit einem zynisch Unterton, der Olivia sofort in den falschen Hals geriet. Er machte dies nicht zum ersten Mal. Heute war das Fass übergelaufen und Olivia zeigte offen, dass sie von der unfreundlichen und unterschwellig aggressiven Begrüßung ihres neuen Kollegen genervt war. Hatte er vergessen, wie viel Mühe sie sich gegeben hatte, ihn hier

freundlich aufzunehmen? Sie ärgerte sich mehr über sich selbst, als über das Verhalten ihres Kollegen.
»Wie soll ich denn aussehen!?«, keifte Olivia zurück. Sie hatte sich noch immer nicht an ihn gewöhnt. Auch Moritz hatte sie immer wieder mit spitzen Bemerkungen aufgezogen, allerdings hatte sich das anders angefühlt. Toms Bemerkungen trafen sie immer mitten ins Mark. Sie antwortete ihm daher selten – und wollte sich erst recht nicht anmerken lassen, wie zielsicher er austeilte.
»Komm schon, das war nicht böse gemeint«, leitete er die Versöhnung ein. »Hier, ich habe dir sogar einen Kaffee aus der Kantine mitgebracht. Ich weiß doch, dass du gerne Kaffee trinkst.«
»Danke, Tom«, entgegnete Olivia, nahm den Kaffee und betrat das Besprechungszimmer. Tom folgte ihr und setzte sich neben sie in die erste Reihe.
Wenig später betraten Fatih und Dr. Klose den Raum und gingen ans Pult. Auch die übrigen Kollegen hatten sich versammelt und verstummten nun. Die Besprechung begann.
Klose sprach zunächst den Einsatzplan durch, damit jeder wusste, wann er dran war. Dann wies er darauf hin, dass er gegen elf Uhr eine Pressekonferenz einberufen musste. Er selbst mochte dies überhaupt nicht. Er scheute sich vor der Presse. Er glaubte daran, dass dies die Ermittlungen nur erschweren würde. Dadurch, dass so viele Menschen am Fundort der Leiche gestanden hatten, war dieser Schritt aber dringend notwendig geworden, um Ruhe in der Bevölkerung zu schaffen. Wann immer ein Mörder frei

in einer Stadt herumlief, breiteten sich Angst und Schrecken unter ihren Bewohnern aus. Das wusste er. Und dem wollte er entgegentreten.
Dann gab er Fatih das Wort. Dieser referierte noch einmal genau über die Todesursache. Am Ende seines Berichts sprach er noch über das Pentagramm. Er holte weit in der Geschichte aus, erklärte die kulturellen Hintergründe des Drudenfußes und die Bedeutung des Zeichens für Naturreligionen und Satanismus.
»Alle Stöcke sind gleich lang«, schloss er seinen Bericht. »Es könnte sich tatsächlich um ein Pentagramm handeln, das das Böse von diesem Ort fernhalten oder an diesem Ort gefangen halten soll. Gemeinsam mit unserer Kollegin von Sassen war ich mir einig, dass es einen Zeugen für den Mord gegeben haben muss, der dieses Pentagramm auf den Boden gelegt hat. Ihn müssen wir finden.«
Dass Moritz an der Überlegung beteiligt war, verschwieg Fatih. Olivia war zumindest in diesem Punkt erleichtert. Wenn Klose das herausbekommen würde, konnte es Ärger geben.
»Gibt es weitere Informationen über den möglichen Zeugen?«, fragte der Profiler, der Olivia bereits gestern unangenehm aufgefallen war.
»Noch nicht«, übernahm Klose für Fatih, »daran sollten Sie heute arbeiten. Wir vermuten, dass er geisteskrank oder verwirrt sein könnte. Eventuell stammt er aus einem okkulten Zirkel. Das müssen wir herausfinden.«
Fatih räusperte sich.

»Einen letzten Punkt habe ich noch. Die Stöcke, die er verwendet hat, entstammen der Trachycarpus fortunei, der sogenannten chinesischen Hanfpflanze.«
»Das klingt nach einem Besuch im Pflanzenschauhaus des Luisenparks«, schlug Olivia vor und Klose nickte.
»Genau dorthin fahren Sie mit der Kriminaltechnischen Untersuchung gleich nach dieser Besprechung.«
Dann blickte er Tom an.
»Es haben sich mehrere Personen gemeldet, die im Luisenpark etwas gesehen haben wollen. Sie, Tom, werden sich um diese Zeugen kümmern. Vielleicht erhalten wir so einen wichtigen Hinweis.«
Tom nickte.
Damit war die Besprechung beendet. Klose packte schnell seine Sachen zusammen und verließ den Besprechungsraum. Als Olivia sah, dass er aus dem Raum verschwand, ließ sie ihre Unterlagen auf ihrem Stuhl liegen und eilte ihrem Chef hinterher.
»Dr. Klose!?«, rief sie ihm auf dem Gang nach.
Dr. Klose stoppte seine schnellen, stolzierenden Schritte. Doch er dreht sich noch nicht einmal um, sondern winkte kurz, dass er ihr zuhören würde.
»Es ist wichtig, Dr. Klose!«
Kurz blickte er über die Schulter.
»Nach der Pressekonferenz. Nichts ist wichtiger.«
Olivia blieb hinter ihm stehen. Durch das Gespräch mit Moritz war sie zu der Einsicht gekommen, ihren Chef mit einbeziehen zu müssen. Er musste wissen, dass Arndt Schulte eigentlich eine andere Identität hatte.

»Kommen Sie zu mir, sobald Sie vom Luisenpark zurück sind, Olivia. Dann nehm ich mir Zeit.«
Sie nickte genervt. Aber da er ihr ohnehin den Rücken zuwandte, nahm er dies nicht weiter wahr.
»Wahrscheinlich denkt er gerade ‚Ich hab keinen Scheiß für diese Zeit'«, überlegte Olivia. Dabei fiel ihr auf, dass Klose schon lange keine Sprichwörter mehr verwechselt hatte.

***

Die Kollegen waren bereits zum Luisenpark unterwegs, als Olivia an ihrem Dienstwagen ankam und einstieg. Sobald sie saß, dachte sie wieder an ihren Verfolger. Würde er ihr erneut hinterherfahren? Hatte er irgendwo auf sie gewartet? Olivia wollte diese Gedanken verdrängen. Sie schwor sich, noch nicht einmal daran zu denken, dass der Fahrer hinter ihr sie verfolgen könnte. Eigentlich wollte sie nur in den Rückspiegel schauen, wenn es die Verkehrssituation gar nicht anders erlaubte. Es gab keinen Verfolger!
Die Musik im Radio war ihr heute zu anstrengend. Entgegen ihrer Gewohnheit blieb das Radio aus. Das gab ihr das Gefühl, besser atmen zu können. Schweigend fuhr sie durch den Stadtverkehr in Richtung Planetarium. Von dort bog sie auf den Friedensplatz ab, wo sie schließlich parkte. Zum Park war es nicht mehr sonderlich weit. Sie hatte kein einziges Mal in den Rückspiegel geschaut.

Am Eingang des Luisenparks zeigte sie ihren Ausweis und ließ sich den Weg zum Pflanzenschauhaus beschreiben. Gestern war der Park belebt und voller Menschen, durch den Regen am frühen Vormittag hatten sich die meisten Besucher jedoch vergraulen lassen. Vielleicht war dies für die Ermittlungen sogar besser.

Der Regen hatte aber auch dafür gesorgt, dass die Pflanzen des Luisenparks regelrecht aufblühten. Die Bäume und Sträucher am Wegesrand zeigten sich in einem satten, saftigen Grün. Bereits außerhalb des Pflanzenschauhauses fühlte sich Olivia wie im Dschungel.

»Willkumme im Monnemer Dschungel!«, begrüßte sie ein junger Angestellter des Parks am Eingang des Pflanzenschauhauses herzlich und warm. Er war fast zwei Meter groß, hatte hellblondes Haar und eine leicht rötliche Haut. Auf den Wangen hatte er tiefe Narben, die wahrscheinlich von einer starken Akne herrührten. Irgendwie wirkte er aufgrund seiner Körpermasse plump und unbeweglich auf sie. Wie ein Fels erschien er ihr – nur ohne Brandung, in der er stand.

Der Riese stand ein wenig hinter der rot-weißen Absperrung der Kriminaltechnischen Untersuchung und winkte Olivia zu sich.

»Sie sinn vun de Bolizei, oder?«

Olivia nickte. Sie schlüpfte unter dem Band hindurch und reichte ihm die Hand.

»Kriminalhauptkommissarin Olivia von Sassen«, stellte sie sich vor.

»Isch bin de Dieder.«

»Dieter? Wie heißen Sie mit Nachnamen?«
»Fink. Isch bin de Finke Dieder.«
Olivia betrachtete sich Dieter Fink genauer. Er trug eine grüne Latzhose, was dafür sprach, dass er zum Team der Parkgärtner gehörte. Im Grunde wirkte er auf sie wie ein Kind im Körper eines Erwachsenen. Er hatte eine sanfte, vertrauliche und naive Art, aber die Gestalt und Statur eines grobschlächtigen Riesen.
»Hallo Herr Fink. Bringen Sie mich zu meinen Kollegen?«, fragte Olivia höflich und gewann sofort das Vertrauen des sanften Giganten.
Er nickte.
Dann stampfte er los und deutete Olivia an, ihm zu folgen. Sie war sich sicher, dass er einen sanften, weichen Kern hatte, der sicherlich leicht und schnell zu verletzen war.
Dieter führte Olivia durch das riesige Pflanzenschauhaus, das nicht nur Pflanzen beherbergte. Neben seltenen Gewächsen der Subtropen und Tropen, die ihren geheimnisvollen Zauber nach Mannheim brachten, beherbergte das Pflanzenhaus auch seltene Tiere Afrikas, Asiens und Amerikas. Olivia spürte die Magie des Gebäudes gleich nach ihrem Eintritt. Sie fühlte sich nach all dem Stress der letzten vierundzwanzig Stunden in eine exotische Welt entführt.
Sie folgte Dieter vorbei an Terrarien und Aquarien voller Reptilien und Fischen. Von Weitem hörte sie Fatihs Stimme aus der großen Halle des Pflanzenschauhauses, das Olivia gerade betrat. Zwischen all

den Pflanzen, die bis unter das Dach gewachsen waren, konnte sie ihren Kollegen nicht ausmachen.
»Fatih, ich bin da!«, rief Olivia in den Dschungel hinein.
»Alles klar«, hörte sie es zwischen den Pflanzen hindurch.
Dieter stand die ganze Zeit neben ihr und begann nun mit seinen Erklärungen, die er scheinbar auswendig gelernt hatte, denn er klang wie ein schlechter Nachrichtensprecher, der gerade einen unbekannten Text ablas. Er gab sich sichtlich Mühe, Hochdeutsch zu sprechen. Aber die Färbung und der typisch kurpfälzische Singsang blieben.
»Imposant im tropischen Bereich sind mehrere Exemplare des Ficus benjamini mit ihren im Durchmesser über 30 Zentimeter starken Stämmen: kräftige Pflanzen, die die Szenerie der Pflanzenhalle bis zum Dach beherrschen. Ein beeindruckendes Bild bietet auch die Eselsfeige.«
»Danke, Herr Fink. Das reicht.«
Dann hatte Olivia eine Idee.
»Wo wachsen hier denn die Chinesischen Hanfpflanzen?«
Dieter deutete in eine Ecke im hinteren Teil des Hauses.
»Do driwwe«, antwortete Dieter Fink und fiel wieder voll und ganz in seinen Dialekt zurück.
»Danke, Sie haben mir sehr geholfen!«
Olivia verabschiedete sich und ließ den Riesen stehen. Eigentlich hatte sie erwartet, dass Fatih oder zumindest einer seiner Spurensicherer nahe den Hanf-

pflanzen sein würden. Doch als sie in deren Ecke kam, war von ihren Kollegen keine Spur.
»Fatih?«
»Grad keine Zeit, meine Liebe!«
Sie wusste nicht, wo er war, befürchtete aber, dass er sämtliche Pflanzen testen bis er bei den Chinesischen Hanfpflanzen ankommen würde oder in irgendeinem Erdloch verschwunden war.
Jetzt, da sie vor einer solchen Chinesischen Hanfpflanze stand, erkannte sie sie. Sie glaubte diese Pflanze schon häufig gesehen zu haben. Im Grunde war es eine Palme mit fächerartigen Blättern. Vor ihr stand nun gleich ein ganzes Dutzend solcher Palmen. Sie betrachtete sie genau. Wenn sie fünf Stöcke von gleicher Länge haben wollte, dann würde sie diese von einer kleineren Pflanze entfernen. Die meisten aber ragten zehn Meter in die Höhe.
Olivia stieg über die Absperrung hinweg in das Beet, in dem die Palmen standen. Sie fühlte sich wie in einem Indiana-Jones-Film, als ihr ihre Angst vor Spinnen einfiel. Als Kind war diese Angst sehr ausgeprägt, heute hatte sie sich an Spinnen gewöhnt. Sie schrie nicht, sie zuckte nicht zusammen, aber angenehm war ihr der Anblick einer Spinne nicht.
Vorsichtig ging sie weiter, bis sie plötzlich die Fäden eines Spinnennetzes in ihrem Gesicht spürte. Olivia erschrak. Es durchzuckte ihren ganzen Körper. Mit ihren Fingern strich sie sich die Fäden aus dem Gesicht, als plötzlich ihr Handy klingelte.
Es war Moritz.
»Hey, Prinzessin! Wie laufen die Ermittlungen?«

»Kann ich dir nicht sagen.«
»Hast du mit Klose gesprochen?«
»Nein, noch nicht. Er war zu beschäftigt«, antwortete sie leicht genervt. »Moritz, es ist grad kein günstiger Augenblick.«
»Es gibt keinen günstigen Augenblick.«
Olivias Augen durchstreiften die nähere Umgebung. Ihr Blick fokussierte sich auf die Umrisse einer Spinne. Als sie den Kopf nach links drehte, blickte sie plötzlich auf eine halbhohe Palme. Beinahe hätte sie übersehen, dass sie dort fand, wonach sie eigentlich suchte. Noch immer hatte sie das Handy am Ohr und hörte Moritz zu.
»Glaubst du, Klose würde mich schon früher wieder zurücklassen? Ich bin fit! Ich könnte wieder ermitteln, Prinzessin.«
Olivia antwortete nicht. Sie bemerkte nicht einmal die Spinne, die sich gerade langsam hinter ihrem Rücken aus einer Palme heraus abseilte. Ihr Blick war ganz auf die fünf fehlenden Blätter einer kleineren Palme direkt vor ihren Augen gerichtet. Hier muss der Zeuge die Blätter abgeschnitten haben.
»Fatih!!!«

***

Der dichte Berufsverkehr hatte sich gelegt. Olivia kam schnell durch die Stadt, zurück zum Polizeipräsidium. Niemand war ihr gefolgt.

Als sie das Präsidium betrat, war die Pressekonferenz noch im Gange. Sie lief in den großen Besprechungsraum, in dem sich die Medienvertreter der Metropolregion Rhein-Neckar versammelt hatten und betrat ihn leise. Sie setzte sich in die letzte Reihe neben Tom Schiller, der ihr ein kurzes Lächeln schenkte und sich dann wieder der Pressekonferenz zuwandte.

Dr. Klose saß neben verschiedenen Vertreter des Polizeipräsidiums hinter einer langen Tischreihe und beantwortete eifrig die Fragen der Journalisten. Er hatte einen hochroten Kopf und schien in Bedrängnis geraten zu sein.

»Der Tote soll ausgeraubt worden sein. Handelt es sich bei dem Mordfall daher um Raubmord? Zeigen Ihre Analysen das? Oder vermuten Sie ein anderes Tatmotiv?«, fragte Frank Beyer, ein Journalist, der Olivia schon zu anderen Gelegenheiten aufgefallen war. Beyer zeigte sich stets kritisch – und Klose fluchte jedes Mal über die Nachfragen des Journalisten.

Dr. Klose sah angespannt aus – genau wie jemand, der bemüht war so auszusehen, als sei ihm alles gleichgültig, obwohl das Gegenteil zutraf. Langsam beugte er sich nach vorne und richtete sich vor dem Mikrofon auf, als gelte es, sein Revier zu markieren.

»Es ist zu früh, um etwas über das Motiv zu sagen. Was ich persönlich vermute, tut ohnehin nichts zur Sache.«

Beyer ließ nicht locker.

»Wie weit sind sie in ihren Ermittlungen? Wann werden Sie ein Täterprofil präsentieren? Sie müssen sich

einmal die Bevölkerung vorstellen. Man hat Angst in Mannheim und würde gerne die Augen aufhalten. Nur wenn Sie uns nicht informieren, dann weiß niemand, auf was er achten soll!«
Klose schaute den Mann scharf an. Dann wartete er ein bisschen mit seiner Antwort. Ob er sich damit Autorität verschaffen wollte, oder ob er sich eine Antwort im Kopf zurecht legte, vermochte Olivia nicht zu sagen.
»Wir machen unsere Arbeit. Und gehen mit Informationen nur dann an die Öffentlichkeit, wenn es der Aufklärung des Mordfalls nutzt. Sonst kommen wir auf keinen roten Zweig.«
Da war er wieder, einer seiner typischen Versprecher!
Olivia musste kurz grinsen. Sie blickte sich im Konferenzsaal um. Niemand sonst lachte. Waren sie alle zu angespannt oder teilten sie mit Klose die nette Eigenart, Sprichwörter und Redensarten zu verwechseln. Sie riss sich zusammen und legte wieder ein ernstes Gesicht auf.
Während der Pressesprecher des Polizeipräsidiums die Pressekonferenz beendete, stand Olivia schnell auf und lief zum Ausgang. Dort wartete sie auf Klose. Ungeduldig fixierte sie ihn. Doch ihr Chef plauderte noch ein wenig mit einer Person, die Olivia nicht kannte. Dann kam er endlich auf sie zu.
»Wir müssen reden, Chef!«
»Nicht jetzt, Olivia.«
»Hören Sie. Es ist wichtig. Sonst kommen wir hier keinen Schritt weiter.«

Klose schaute sie ähnlich lang wie zuvor den Journalisten an.
»Gehen Sie an die Arbeit, Olivia. Ich muss an die meinige.«
Er drängte sich an ihr vorbei. Ihr war die Situation alles andere als angenehm. Was tat sie da eigentlich? Sie durfte nicht verraten, was sie wusste – und Klose wollte nicht hören, was sie wusste. Wäre da nicht ihr Gewissen. Sie musste sich ihm mitteilen, ob sie wollte oder nicht und ganz gleich, ob Klose Zeit hatte oder nicht.
Mit zwei schnellen Schritten war sie neben ihm.
»Hören Sie ...«
Er winkte ab.
»... der Tote heißt nicht Arndt Schulte. Ich kenne ihn.«
Klose war erstaunt. Er blieb stehen.
»Olivia, Sie verwundern mich.«
»Wir müssen sprechen. Jetzt.«
»Gut, kommen Sie mit in mein Büro«, schlug er vor.
»Nein, es muss außerhalb des Präsidiums sein.«
Klose zog eine Augenbraue hoch, dann schaute er auf die Uhr.
»Gut, laufen wir zum Hauptbahnhof und essen etwas. Dabei können wir in Ruhe sprechen.«
Sie verließen das Polizeipräsidium, überquerten die Bismarckstraße und gingen durch die ungeraden L-Quadrate bis zum Hauptbahnhof. Dort setzten sie sich in einen der Fastfoodläden.
Olivia wusste, dass sie ihren Chef so lange Smalltalk halten lassen musste, bis er von selbst zum ei-

gentlichen Thema überleitete. Die ganze Zeit war sie gespannt, wann er endlich zum eigentlichen Thema kommen würde. Als sie mit ihrem Essen vor sich an einem Tisch in einem verwinkelten Raum saßen, begann Klose.

»So. Woher kennen Sie den Toten?«

Olivia holte tief Luft. Es fiel ihr schwer über diese Hintergründe zu sprechen. Darüber hinaus durfte sie auch nicht alle Einzelheiten verraten.

»Also, ich kenne ihn aus meiner Zeit in Berlin. Damals hieß er nicht Arndt Schulte. Er nannte sich Bernhard Modrow.«

»Vielleicht war auch das eine falsche Identität.«

»Das kann durchaus sein«, gab Olivia zu und überlegte fieberhaft, wie sie ihm die ganze Geschichte erklären sollte.

»Ich war in Berlin in einen Fall verwickelt, in dem auch er eine Rolle spielte.«

»War das der Fall, weshalb Sie schließlich versetzt wurden und ich sie nach Mannheim geholt habe?«

»Ja, darum handelt es sich.«

»Aber ich kenne Ihre Akte, Olivia. Ich kenne den Fall! Von einem, wie hieß er?«, er überlegte ein wenig, dann fuhr er fort, » ... Bernd Modrow ist darin nicht die Rede.«

»Bernhard Modrow«, verbesserte Olivia ihren Chef.

»Genau.«

»Vergessen Sie, was in meiner Akte steht, Herr Klose. Ich bin Teil des Kopenhagener Programms.«

»Eines Zeugenschutzprogramms? Wollen Sie mir das mitteilen?«

Olivia fühlte sich schlecht. Im Grunde hatte Klose sie damals nach Mannheim geholt, um ihr eine neue Chance als Polizistin zu geben. Er hatte ihr sein Vertrauen geschenkt und sie hatte dies in Kauf genommen, obwohl sie wusste, dass Klose und auch sonst niemand jemals über die wirklichen Umstände informiert werden durfte.

»Wenn der Mordfall Luisenpark aufgeklärt ist, wird wahrscheinlich auch meine Berliner Vergangenheit neu aufgerollt werden müssen.«

»Was ist damals wirklich passiert, Olivia?«

»Das darf ich Ihnen nicht sagen. Nur so viel: In diesen Fall war Bernhard Modrow verwickelt. Er kennt mich und trachtet mir seither nach dem Leben.«

Klose reagierte eigenartig. Olivia hatte das Gefühl, dass sein Gesicht etwas Farbe verlor. Dann blickte er ins Leere, während seine Augen dennoch hellwache, kurze Schwenkbewegungen machten, als ob sie seine Gedanken widerspiegelten, die er gerade abwägte.

Olivia beobachtete ihren Chef eine Weile, doch als dieser nichts weiter sagte, fuhr sie langsam fort.

»Bernhard Modrow schwor, dass er mich zur Strecke bringen werde. Ich sollte sein letzter Mord sein. Und ich glaube, er war wegen mir in Mannheim.«

Klose blickte noch eine Weile merkwürdig vor sich hin, bis er wieder Haltung einnahm.

»Dann sind Sie ja befangen!«, stieß er plötzlich laut aus.

»Ich bin nicht befangen«, dachte sich Olivia. Dem Mörder von Bernhard Modrow würde sie genauso

gerne das Handwerk legen wie jedem anderen Täter auch. Was quasselte ihr Chef da? Sie hatte gehofft, er würde verstehen, dass sie in Gefahr ist – und nicht befangen!
Sie ärgerte sich über ihren Chef. Voller Wut griff sie in die Innentasche ihrer Jacke und zog den Brief hervor, den Bernhard Modrow ihr geschrieben hatte.
»Ich bin nicht befangen. Ich bin in Gefahr. Oder zumindest in Gefahr gewesen! Er hat mir gedroht!«, rechtfertigte sich Olivia.
»Umso mehr sind sie befangen. Unter diesen Umständen muss ich Sie von dem aktuellen Fall abziehen, Olivia. Das ist doch klar! Die Presse sitzt mir im Nacken. Und ich möchte keinen emotionalen Alleingang von Ihnen. Oder gar einen Rachetrip! Gott bewahre!«
Er schlug die Hände über seinem Kopf zusammen.
»Dr. Klose, ich weiß mehr über den Toten, als jeder Profiler herausfinden könnte. Selbst wenn ich befangen bin: Setzen Sie mich weiter ein. Sie sehen doch jeden meiner Arbeitsschritte und dass ich nicht befangen bin.«
Klose überlegte eine Weile.
»Ich bin mir über die Vorschriften des Kopenhagener Programms durchaus bewusst. Ich respektiere, dass Sie nichts erzählen dürfen, weil dies alles zum Schutz einer oder mehrerer Personen gehört.«
»Genau! Wenn Sie mich nun abziehen, geht mein Wissen verloren. Meine Erfahrung mit dem Toten. Das ist für Sie eine einmalige Chance.«
Er seufzte.

»Also gut. Erzählen Sie niemandem davon. Weder von unserem Gespräch noch davon, dass Sie in das Kopenhagener Programm eingebunden sind.«
»Mir fiel es schon schwer, Ihnen davon zu berichten«, gestand Olivia.
»Ihr Vertrauen ehrt mich. Ich will es nicht missbrauchen. Glauben Sie, dass Modrow noch einen Komplizen hatte, der nun in Mannheim ist oder hierher kommt, um sich an dem Mörder zu rächen?«
»Bis auf ein einziges Mal handelte Modrow allein. Und dieser ehemalige Partner ist tot.«
»Verstehe. Sie haben ihn getötet?«
Olivia sagte nichts.

* * *

»Dann sind Sie ja befangen!«, hörte er Dr. Klose ausrufen.
Dieses Gespräch hatte es in sich. Es gab seinem Auftrag eine Wendung, die er gestern noch nicht für möglich gehalten hätte.
Was er da heimlich belauschte, war für ihn eine Sensation. Olivia war in diesem Fall befangen. Das verschaffte ihm irgendwie Genugtuung.
»Ich bin nicht befangen. Ich bin in Gefahr. Oder zumindest in Gefahr gewesen! Er hat mir gedroht!«, hörte er Olivia wütend sagen.
Und ob sie befangen ist, dachte er sich. Ihre emotionale Reaktion sprach für sich. Er meinte, einen zittri-

gen Unterton in ihrer Stimme erkannt zu haben, der sonst nicht vorhanden war.
Unter diesen Umständen durfte Olivia auf keinen Fall weiter ermitteln. Das würde die Vorgehensweise deutlich behindern. Er wollte und konnte sich keinen Fehler leisten.
Dann grübelte er ein wenig darüber, was Olivia gesagt hatte. Ein Mann war nach Mannheim gekommen, hat ihr einen Drohbrief geschrieben – und dann lag er auf einmal tot im Luisenpark. Im Grunde musste er sie als Verdächtige behandeln. Nicht nur im Grunde. Sie war in hohem Maße verdächtig. Noch dazu war sie in der Position, die Ermittlungen in eine falsche Richtung lenken oder gar boykottieren zu können.
»Traue niemandem«, hatte er sich immer wieder gesagt. Dann schaltete er die Audioaufnahme seines Handys aus. Die beiden hatten ihn nicht erkannt, er war zufrieden.

* * *

Nach ihrer Rückkehr holte sich Olivia im Casino noch einen Kaffee und ging zu Tom Schiller ins Büro.
Er war gerade mitten in einem Gespräch und vernahm einen Zeugen.
»Darf ich?«, fragte Olivia durch die Tür.
Tom winkte sie zu sich herbei.
»Das ist meine Kollegin Olivia von Sassen, sie ist ebenfalls mit dem Fall vertraut«, stellte er sie vor.

An Tom Schillers Schreibtisch saß eine junge Frau, die Olivia auf Anfang zwanzig schätzte. Sie kam ihr irgendwie bekannt vor.
»Maria Banovic«, stellte sich die Zeugin vor, während sich Olivia zu Tom Schiller setzte.
Tom erklärte: »Frau Banovic arbeitet an der Kasse des Luisenparks. Ich hatte sie hergebeten, um über die Besucher von vorgestern Abend zu sprechen.«
Maria nickte und schaltete sich sofort aufgeregt in das Gespräch ein.
»Ja, aber ich kann mich kaum an irgendwelche Gesichter erinnern.«
Tom nickte.
»Sie kann sich nicht an mein Gesicht erinnern, obwohl ich gestern gemeinsam mit dir an ihrem Eingang durch bin.«
Maria Banovic schaute Olivia genauer an.
»Ich kann mich aber an Sie erinnern«, gab Olivia zu.
»Tut mir leid, ich achte wenig auf die Gesichter. Tagein, tagaus kommen Besucher in den Luisenpark. Da stumpft man irgendwann ab.«
Tom nickte.
»Haben Sie noch irgendwelche Fragen?«, wollte Maria wissen.
Tom schüttelte den Kopf.
»Ich bin gerade mit allem durch. Bitte halten Sie sich zu unserer Verfügung, denn irgendwie muss der Mörder ja in den Luisenpark gekommen sein«, erklärte er.
Maria stand auf, schüttelte Toms Hand und streckte die ihre dann auch Olivia entgegen. Die Kommissarin überlegte.

»Warten Sie! Setzen Sie sich.«
Maria schaute erstaunt.
Olivia fuhr fort: »Was, wenn der Täter gar nicht in den Luisenpark gekommen ist, sondern schon dort war?«
Tom gefiel die Idee.
»Du meinst, wenn er sich in den Park geschlichen hatte?«
»Oder wenn er im Park arbeitete«, vervollständigte Olivia ihre Idee.
Maria sah sie erstaunt an.
»Setzen Sie sich«, bat sie Olivia erneut.
Die Parkangestellte folgte der Aufforderung.
»Können Sie sich vorstellen, dass einer Ihrer Kollegen zu solch einer Tat fähig ist?«, fragte Tom.
Maria überlegte eine Weile.
»Formulieren wir es besser so«, schlug Olivia vor, »gibt es jemanden im Park, der über große körperliche Kraft verfügt und impulsiv reagiert?«
Tom sprang auf Olivias Zug auf.
»Es muss ja nicht notwendigerweise ein geplanter Mord gewesen sein. Eventuell kam es zu einem Streit, zwei Personen stritten. Der eine stößt den anderen, der wiederum unglücklich stürzt. Gibt es so jemanden?«
Maria nickte langsam.
»Ich will niemandem etwas Böses, verstehen Sie. Aber wenn Sie mich so fragen, dann fällt mir nur Dieter Fink ein. Einer der Hilfsarbeiter bei den Gärtnern.«
Olivia wusste genau, wen sie meinte.

»Und Herr Fink neigt zu Wutausbrüchen?«, hakte Tom nach.
Maria nickte.
»Er ist unglaublich lieb und teilweise auch naiv. Aber wenn man ihn lange reizt, rastet er aus. Nicht, dass er bewusst jemanden töten könnte. Aber einen Stoß aus einem Streit heraus ... Das halte ich für möglich.«

***

Moritz hatte sich aus der Universitätsbibliothek mehrere Bücher zur Symbolik des Pentagramms ausgeliehen und saß nun in seiner Wohnung in der Neckarstadt.
Den ganzen Tag schon grübelte er über den Büchern und versuchte krampfhaft, in irgendeiner Weise eine Verbindung zum Mord im Luisenpark herzustellen. Doch das Pentagramm wurde als Symbol so vielseitig verwendet, dass er keine wirkliche Spur ausmachen konnte. Fasziniert blieb er bei einem Artikel zur neureligiösen Bewegung Wicca hängen. Er fühlte sich in Filme wie »Blair Witch Project« versetzt, denn Wicca verstand sich als eine Glaubensrichtung des Neuheidentums. Er konnte aber keine Verbindung zwischen der Religion und dem Mord herstellen. Also suchte er weiter.
Er rückte den Gedanken, dass es sich um ein satanisches Symbol oder um ein Symbol handelte, das den Satan fernhalten sollte, noch einmal ins Zentrum

seiner Überlegungen. Nachdem er sich weiter in die Thematik eingearbeitet hatte, verlor er allmählich die Geduld.
»Ronja!«, rief er in die Küche, »Ich komme nicht weiter ...«
Moritz' Schwester Ronja kam mit zwei Rotweingläsern aus der Küche.
»Hier, nimm einen Schluck«, sagte sie und stellte ihm das Glas direkt vor die Nase.
Er nahm einen großen Schluck.
»Gut, der Wein, schmeckt mir.«
»Das ist ein Cabernet Sauvigon«, belehrte ihn seine Schwester. »Mal was anderes als Eichbaum Ureich, oder?«
»Hm ... Ich weiß nicht ...«
»An was verzweifelst Du grad, Bruderherz?«
Moritz zeigte seiner Schwester, worüber er brütete.
»Ich bin ja nicht im Dienst ... Also gut. Ich habe am Tatort eine Kombination aus Stöcken entdeckt. Irgendwer könnte ein Pentagramm um den Tatort gelegt haben.«
Ronja blickte erstaunt.
»Pentagramm. Was ist das?«
»Naja, so ein Fünfeck. So ein Stern mit fünf Ecken.«
»Ich kenne Pentagramme nur von Covern einiger Heavy-Metal-Bands. Vielleicht ist der Zeuge ja ein Metal-Freak. Nur so 'ne Idee ...«
Moritz sprang auf.
»Ronja! Das ist die Idee!!!«, brüllte er. Dann lachte er in sich hinein. »Ich werde mich prima mit ihm verstehen, das weiß ich jetzt schon.«

»Naja, wenn es hilft ...«
»Und jetzt, wo du es sagst, erinnere ich mich daran, dass ich im Park einen merkwürdigen Typen mit einem Heavy-Metal-T-Shirt gesehen habe. Er hat das Pentagramm gelegt! Hundert Pro! Danke, Schwesterlein!«
Ronja nahm einen Schluck von ihrem Rotwein.
»Wenn Du mich nicht hättest!«
Sie verzog sich auf ihr Zimmer.
»Viel Spaß beim Ermitteln.«
Moritz hörte sie nicht mehr. Schnell ging er sämtliche Plattencover in seinem Zimmer durch. Doch auch unter seinen alten Heavy-Metal-LPs fand er kein Pentagramm.
»Schwesterherz, das ist verdammt klug ...«, flüsterte er.
Dann erinnerte er sich an etwas, dass er beobachtet hatte. Zufrieden lehnte er sich zurück. Er hatte eine heiße Spur. Schnell griff er zu seinem Handy und schickte Olivia eine Nachricht. Er wollte sich noch in der Nacht mit ihr treffen.

***

Die Dämmerung brach über Mannheim herein, als Olivia und Tom mit mehreren Einsatzwägen zur Wohnung von Dieter Fink in Neuostheim unterwegs waren. Der Regen vom Vormittag setzte wieder ein. Die nassen Straßen begannen allmählich die Lichter der Stadt zu reflektieren. Mit hoher Geschwindigkeit fuhren die Polizisten die Bismarckstraße entlang, die nach dem Ring zur Reichskanzler-Müller-Straße wurde und aus der Stadt herausführte. Von dort ging es, am Planetarium vorbei, direkt nach Neuostheim.

Die angegebene Adresse gehörte zu einem älteren Haus in der Seckenheimer Landstraße, in der mehrere Parteien wohnten.

Olivia und Tom stiegen aus ihrem Auto aus, als sie in der Nähe einen Blitz sahen, dem nur wenige Sekunden später ein lautstarker Donner folgte. Sie klingelten bei Fink, doch niemand öffnete. Auch nach dem zweiten, dritten und vierten Versuch rührte sich nichts.

Es regnete auf die beiden Kommissare und die sie begleitenden Polizisten herab. Tom war genervt. Er klingelte bei allen anderen Wohnungen, bis ihnen jemand aufmachte.

Sie betraten das Haus. Im Flur versperrte ihnen ein älterer Herr den Weg.

»Was wollen Sie?«, fragte er barsch und unhöflich.

Olivia zückte ihre Dienstmarke und legte ebenfalls einen genervten Ton auf.

»Kriminalpolizei Mannheim. Wir suchen Herrn Fink.«

Der Mann gaffte sie wortlos an. Nachdem er eine Weile nicht geantwortet hatte, hakte Tom nach.

»Wissen Sie, wo er sich befindet?«

»Neee.«

»Oder warum er nicht öffnet.«

»Vielleischt weil er ned do is.«

Olivia musste in sich hineinlachen. Diesen Typus

hatte sie in Mannheim bislang häufiger beobachtet: Todernst, schroff, aber immer zu einem Witz aufgelegt und – wenn sie das als Außenstehende überhaupt beurteilen konnte – mit einem weichen, herzlichen Kern. An diesen Kern kam man aber nur, wenn man die Menschen an der richtigen Stelle anpackte. Deshalb schaltete sie sich ein.

»Entschuldigen Sie. Wir brauchen Ihre Hilfe. Wir müssen dringend mit Herrn Fink sprechen.«

»Wenn er ned uffmacht, dann isser ned do.«

»Vielleicht ist er da und macht nicht auf?«, gab Olivia zu überlegen. »Könnten Sie uns seine Wohnung zeigen?«

Der Mann nickte.

»Isch hab sogar en Schlissel fa die Wohnung.«

Das hörte Olivia gerne.

»Können Sie uns aufschließen?«

»Naddierlisch!«

Olivia war, als hätte sie gehört, wie der Mann seine Hacken zusammengeschlagen hatte. »Wir sind doch nicht beim Militär«, dachte sie sich, beließ es aber dabei, da sie den Mann nicht verärgern wollte.

Er ging in den dritten Stock, die Polizisten folgten ihm. Dort ließ er es sich nicht nehmen, selbst an der Tür zu klingeln.

»Dieder, bisch du do?«

Es rührte sich nichts. Nun wurde er etwas blass.

»Vielleischt is em etwas bassiert?«

»Bingo«, warf Tom zynisch ein.

»Das wollen wir nicht hoffen«, glättete Olivia schnell die aufkommenden Wogen. »Sie sagten, Sie hätten

einen Schlüssel. Können Sie die Tür öffnen? Wir haben einen Durchsuchungsbefehl.«
Der Mann nickte. Olivia konnte sein Pflichtbewusstsein regelrecht spüren. Wahrscheinlich war er vor seiner Pensionierung einmal Finanzbeamter gewesen.
Die Tür sprang auf. Eine kurze, dunkle Diele öffnete sich vor den Kommissaren. Sie zückten ihre Pistolen und betraten vorsichtig die Wohnung, als draußen ein von Donner begleiteter Blitz hernieder fuhr und die Diele für einen Sekundenbruchteil erhellte. Tom entsicherte seine Waffe und hielt sie im Anschlag. Olivia tat das gleiche.
Vorsichtig schlichen sie bis zur ersten Tür auf der linken Seite. Beide nickten sich zu und deuteten somit an, wer sich welchen Raum vornehmen sollte. Olivias Herz pochte. Ihre Nervosität in solchen Situationen hatte sich nie gelegt. Sie versuchte sich stets auf den wesentlichen Ablauf einer Durchsuchung zu konzentrieren und alle Gedanken an Gefahr und eine Falle auszublenden, doch es gelang ihr nur mäßig.
Die Tür stand einen Spalt breit offen. Sie konnte aber nicht erkennen, ob sich jemand im Zimmer befand und wo er sich gerade aufhielt. Während sie auf die Tür zuging, sicherte Tom den Flur.
Sie stieß die Tür vorsichtig mit ihrem rechten Fuß auf. Als sich im Zimmer vor ihr nichts rührte, spähte sie kurz und vorsichtig hinein. Sie blickte in eine kleine Küche, in der man sich kaum herumdrehen konnte, so eng war sie. Die Enge wurde zudem durch die Unordnung unterstrichen. Es roch muffelig, fast

ein wenig nach Schimmel. Dieter Fink hatte den Müll schon länger nicht weggebracht.
»Also wenn ich ihn nicht heute lebendig im Luisenpark gesehen hätte, würde ich fast vermuten, dass er seit Wochen tot in der Wohnung liegt, so wie diese Küche ausschaut«, dachte Olivia.
Sie ging zurück in den Flur und folgte Tom zur hinteren und letzten Tür. Tom stieß die Tür weitaus dramatischer auf als Olivia. Die Tür führte ins Wohn- und Schlafzimmer. Tom betrat vorsichtig den Raum und spähte als erstes hinter die Tür.
Olivia gab ihm Deckung und umklammerte fest ihre Pistole. Dann knipste Tom das Licht an.
»Keiner da.«
»Mist.«
»Ja«, seufzte Tom.
»Es werd'em doch nix bassiert soi!«, rief der Mann im Treppenhaus so laut aus, dass es wahrscheinlich alle Bewohner des Hauses hörten. Er hielt sich scheinbar für die Augen und Ohren des Hauses.
Als Olivia gerade in das Treppenhaus zurückgehen wollte, trat einer der Spurensicherer an sie heran.
»Ich habe das hier gefunden.«
Er zeigte Olivia einen Geldbeutel.
»Niemand geht ohne Geldbeutel aus dem Haus. Nicht einmal Dieter Fink«, sagte sie.
»Es sei denn, er ist gegangen worden«, schlug Tom vor.
»Oder es ist nicht sein Geldbeutel«, schlussfolgerte Olivia.

***

Am späten Abend war ein Fremder unterwegs zum Hotel Astoria. Er war vor drei Tagen mit dem TGV aus Paris angereist und in einem Hotel in Neckarau abgestiegen. Seither hatte er sich für seine Verhältnisse ruhig verhalten. Er war zwei- bis dreimal mit dem Mietwagen in Mannheim unterwegs gewesen. Den Rest der Zeit war er in seinem Hotel geblieben. So wie er es Bernhard Modrow versprochen hatte, denn sein Auftrageber wollte jegliches Aufsehen um jeden Preis vermeiden. Das fiel ihm schwer. Er war ein alter Hitzkopf, doch hielt er sich so gut er konnte daran.

Mit seinem Auftraggeber hatte er sich heute Abend im Mannheimer Hauptbahnhof verabredet. Eigentlich wollte er dorthin zu Fuß gehen. Da es aber in Strömen regnete, entschied er sich für die Straßenbahn.

Die Bahn brachte ihn aus Neckarau direkt auf den Bahnhofsvorplatz. Er erinnerte sich, dass dort bei seiner Ankunft in Mannheim viele Menschen herumgestanden und den Platz belebt hatten. Jetzt suchte jeder so schnell es ging einen Unterschlupf.

Der Fremde stieg langsam aus der Bahn aus und betrachtete die Umgebung. Er war sich sicher, dass ihm hier keine Gefahr drohte, aber als Söldner der Fremdenlegion, in der er vor Jahren gedient hatte, hatte er gelernt, jede neue Situation ruhig zu beobachten, sie einzuschätzen und erst dann zu handeln. Alles andere war töricht.

Ein Blick auf die Uhr sagte ihm, dass er fünf Minuten zu früh war. Sein Auftraggeber hatte ihn geben, um genau 22:20 Uhr in der großen Halle im Erdgeschoss zu stehen. Auch wenn sie sich Jahre nicht gesehen hatten, würde er ihn sofort wiedererkennen. Dessen war er sich sicher.
Der Fremde rauchte genüsslich eine Zigarette und wunderte sich über einige der Passanten, die sich vor dem Regen scheuten, als wäre er Salzsäure, die bewusst auf sie hernieder getröpfelt wurde. Er hielt nichts von solchen Leuten. Das bisschen Natur musste man aushalten.
Lässig schnippte er seine Zigarette zwei Meter vor sich auf den Boden. Als er jung war, hatten das alle getan. In Paris, wo er jetzt lebte, war es völlig normal. Aber die junge Frau, die er politisch in die linke Ecke steckte, schaute ihn vorwurfsvoll an.
»Is was?!«, raunzte er sie mit einem starken französischen Akzent an.
Die junge Frau erschrak. Sie regte sich innerlich auf, wagte aber nicht der Aggression des Mannes etwas entgegenzusetzen. Kopfschüttelnd blickte sie ihm hinterher, während er langsam auf den Haupteingang des Bahnhofs zuging. Der Regen prallte geradezu von ihm ab.
In der Bahnhofshalle stellte er sich nahe an die Wand und scannte die Umgebung erneut. Dann schaute er auf die Uhr. Er war pünktlich.
Es war genau 22:20 Uhr.
Eine Horde Jugendlicher kam aus der S-Bahn Rhein-Neckar und strömte in das »Zapatto & Friends«, ei-

ner Disco-Kneipe, die sich im westlichen Gebäudeteil des Hauptbahnhofs befand. Hin und wieder hatte er Spaß daran, Halbstarke zu ärgern. Er griff sich immer den Stärksten einer Gruppe und beleidigte ihn so lange, bis es zu einer Handgreiflichkeit kam. Meistens musste er die Jungen nicht lange provozieren, denn sie reagierten stets unüberlegt und viel zu emotional. Vor allem die junge Generation fiel immer wieder auf seine Provokationen herein. Es lief immer gleich ab, aber sobald er angegriffen wurde, wusste er bereits, dass er als Sieger aus dem Streit hervorgehen würde. Er konnte sich voll und ganz auf seine Ausbildung verlassen.
Heute beließ er es dabei, den Jugendlichen einen finsteren Blick zuzuwerfen. Er wollte nicht auffällig werden, bevor er seinen Auftrag nicht erledigt hatte. Dann schaute er wieder auf die Uhr. Es war bereits 22:32 Uhr. Das war ungewöhnlich. Bernhard kam zu solchen Treffen niemals zu spät. Hatte Bernhard Recht gehabt, als er meinte, dass in Mannheim eine Gefahr lauern könnte?
Um 22:45 Uhr entschied der Fremde, dass Bernhard nicht mehr kommen würde. Es musste etwas dazwischen gekommen sein.
Er erinnerte sich an seinen Auftrag und die Abmachung.
»Sollte ich nicht am Treffpunkt erscheinen, führst du den Plan aus. Dann legst du sie einfach um«, hatte ihm Bernhard Modrow damals gesagt.
Der Fremde nickte innerlich. Modrow muss damals bereits gewusst haben, dass etwas schiefgehen konn-

te. Was auch immer es war. Er musste den Plan nun allein ausführen.
Nach einem letzten Blick in die Halle verließ er sie wieder und ging zum Bahnhofvorplatz, wo die Straßenbahnen abfuhren. Er stieg in die nächste Bahn nach Neckarau.
Unterwegs betrachtete er die Häuserzeilen der Stadt. Er war noch nie in Mannheim gewesen. Ohnehin war dies erst sein dritter Aufenthalt in Deutschland.
Nach einer Weile zog er einen Umschlag aus seiner Jackentasche, den er bei sich trug, seit er diesen Auftrag angenommen hatte. In diesem Umschlag befand sich ein Foto.
Er schaute sich das Bild noch einmal genau an. Auf dem Bild war sein Opfer zu sehen.
Olivia von Sassen.

***

Olivia betrat hektisch das »Binokel«, eine Kaffeebar auf den Kapuzinerplanken, einem Teil der Mannheimer Quadrate nahe der Fußgängerzone. Dort hatte Moritz sie hinbestellt. Per SMS und mit dem Verweis „dringend“. Wenn er schon einmal eine SMS schrieb, dann war es wahrscheinlich auch dringend, dachte sie.
»Was gibt es, Moritz? Ich komm gerade von einem Einsatz und will nur noch in meine eigenen vier Wände ...«

»Setz dich, Prinzessin. Dein Bett muss warten. Wir müssen etwas besprechen.«
Olivia setzte sich zu Moritz an den Tisch und wusste noch nicht einmal, was sie bestellen sollte, als die Bedienung kam. Sie wimmelte sie ab. Moritz hingegen hatte sich ein Feierabendbier bestellt und nahm gerade den ersten großen Schluck.
»Schieß los, ich geb dir Zeit, bis sie wiederkommt«, setze Olivia Moritz gleich unter Druck.
»Ich habe lange darüber nachgedacht, ob mir an dem Tag, als die Leiche gefunden wurde, etwas im Luisenpark aufgefallen ist.«
»Und dir ist etwas aufgefallen?«
»Bingo, Prinzessin.«
Olivia hasste es, wenn er das sagte. Dennoch war sie erstaunt.
Moritz fuhr fort: »Bevor ich am Fundort der Leiche war, ist mir ein merkwürdiger Typ entgegengekommen. Beinahe konnte ich ihm nicht mehr ausweichen. Vor allem deshalb erinnere ich mich gut daran. Und – er trug ein Heavy-Metal-T-Shirt.«
»Was willst du mir damit sagen, Moritz? Dass er deinen Musikgeschmack hat?«
Olivia lächelte.
»Du standest damals wahrscheinlich auf Abba.«
»Wann ist denn damals?«
»So 1985.«
»Wenn überhaupt, dann stand ich auf Boy George und Adam Ant.«
»Sehr interessant ... Auf jeden Fall hab ich etwas recherchiert und mehrere Plattencover verschiedener

Bands gefunden, auf deren Cover ein großes, fettes Pentagramm abgebildet ist.«

Olivia wurde nachdenklich.

»Du hältst das für keinen Zufall.«

»Nein, Livi, wir sollten dieser Spur nachgehen. Denn: Wir suchen einen Zeugen, der das Pentagramm gelegt hat und eventuell anders tickt als der Rest der Welt. Dieser Typ kommt für mich absolut in Frage. Finden wir ihn, dann finden wir den Täter.«

Olivia nickte.

»Ja. Es ist einen Versuch wert.«

Moritz nahm einen weiteren Schluck.

»Weih die anderen noch nicht ein. Ich mache noch ein paar Erkundigungen«, bat Moritz.

»Verstehe, Moritz. Ich hab Klose gerade erst in meine Geschichte eingeweiht, wenn ich ihm nun noch erzähle, dass du nebenher ermittelst, obwohl du noch krank geschrieben bist, wird das wahrscheinlich zu viel für sein armes, bürgerliches Gehirn.«

»Du sagst es.«

Die Kellnerin kam erneut, um von Olivia eine Bestellung aufzunehmen. Die Kommissarin winkte erneut ab.

»Ich hau ab, Moritz.«

***

Es war kurz vor Mitternacht. Mittlerweile hatte sich Ruhe über die Bismarckstraße und die Quadrate gelegt. Anscheinend schlief die ganze Stadt. Nur das

Tröpfeln des Regens war zu hören. Auch das laute Aufheulen eines getunten Motorrads konnte sich gegen den Regen nur kurz durchsetzen.
Das Prasseln des Regens gab Benjamin nicht nur ein Gefühl der Sicherheit, sondern auch den Takt vor, in dem er lief, seit er seine Wohnung verlassen hat. Dazu hörte er die ganze Zeit die Ouvertüre von Mozarts Zauberflöte in seinem inneren Ohr. Er kannte die Partitur der ganzen Oper auswendig. Musik war sein Ein und Alles. Sie erdete ihn, gab ihm Struktur. Auf Musik konnte er sich einlassen. Sie konnte er in vollen Zügen genießen.
Über die Jahre waren das Lesen von Partituren und das Hören der entsprechenden Musik zu seiner festen Gewohnheit geworden und hatte einen ganz bestimmten Platz in seinem Tagesrhythmus. Er brauchte keine CD oder MP3, sein Gehör ließ die Klänge von allein entstehen. Auf diese Weise konnte er stundenlang Musik hören. Das war eine der besonderen Fähigkeiten, die man hatte, wenn man so war wie er. Doch er mochte nicht nur klassische Musik. Er stand auch auf Heavy Metal. Für die Menschen, die er in seinem Leben getroffen hatte, war dies eine Sensation. Für ihn war es normal. Da es für Heavy Metal keine Partituren zu kaufen gab, fertigte er selbst welche an. Stapelweise hatte er Notenblätter bei sich zu Hause liegen. Er war ein musikalisches Genie allererster Güte. Ein Arzt hatte einmal zu ihm gesagt, dass er ein kleiner Amadeus sei, was ihn mit Stolz erfüllte. Dafür hatte er ein ganz entscheidendes Defizit: Er hatte noch nie ein Wort gesprochen.

Als Benjamin die Bismarckstraße entlang lief, hatte er das Gefühl, dass es bald aufhören würde zu regnen. Aber im Grunde war ihm der Regen egal. In Gedanken war er mit etwas ganz anderem beschäftigt. Er war aufgeregt, beinahe nervös wie ein Kind – oder ein Hund, der gerade entdeckt hat, wo sein Lieblingsknochen vergraben wurde. Von Weitem konnte man an seinem Blick erkennen, dass er aufgewühlt und rastlos war. Doch in dieser Nacht nahm ihn in Mannheim niemand wahr.

Seit seinem gestrigen Besuch im Luisenpark versuchte er das Gesehene zu verarbeiten und damit irgendwie klarzukommen. Was geschehen war, hatte ihn aus seiner Routine gerissen. Morgens las er Partituren, mittags ging er spazieren und abends malte er. Wie er nun zu reagieren hatte, wusste er nicht. Er wusste nur, dass er etwas gesehen hatte, das er anderen mitteilen sollte. Nur wie konnte er das tun? Und wem sollte er sich offenbaren? Hektisch war er in seinem Zimmer auf und ab gegangen. Er hatte gegrübelt und überlegt. Den ganzen Tag lang. Immer und immer wieder.

Dann erinnerte er sich an eine Fernsehsendung vor einigen Jahren. Damals hatte ein Mann auch etwas gesehen, was er zunächst für sich behielt. Erst als er dies der Polizei meldete, konnte der Fall gelöst werden. Er musste also zur Polizei. Das mag für einen gewöhnlichen Menschen normal klingen. Für ihn waren diese Gedanken etwas ganz Besonderes, denn sie durchbrachen seine Routine, die ihn durch den Alltag führte.

Er hatte in seinem ganzen Leben nichts mit der Polizei zu tun gehabt. Es kostete ihn eine Menge Überwindung. Stundenlang saß er deshalb in seinem Zimmer und starrte an die Wand. Immer wieder überlegte er, ob er jetzt losgehen sollte oder nicht, denn in seinem alltäglichen Ritual war ein Gang zur Polizei nicht vorgesehen. Wann also war der geeignete Zeitpunkt dafür?
Es hatte mehrere Stunden gedauert, in denen er alles genau durchdachte. Jeden einzelnen Gedanken wog er ab. Alles musste gut überlegt sein. Schließlich griff er zu seinem dunkelblauen Mantel, der fein säuberlich neben den anderen Jacken und Mänteln hing. Auch seine Schuhe standen bereit – exakt nebeneinander aufgestellt. Er entschied sich für die Dunklen und verließ sein Apartment.
Da er nicht weiter aus seiner Routine fallen wollte, musste alles sehr schnell gehen. Er trat auf die Straße, rannte nicht, aber stolzierte in schnellem, sehr schnellem Schritt. Beinahe sah er wie ein Teilnehmer der Disziplin 20-km-Gehen bei den Olympischen Spielen aus. Auch jetzt in seiner Eile und außerhalb seiner gewohnten Ordnung achtete er wie besessen auf Gleichmäßigkeit. Jeder seiner Schritte war gleich lang, er marschierte im Rhythmus eines pochenden Vierviertelaktes durch die Nacht, bis er schließlich in den L-Quadraten ankam.
Anders als alle anderen Quadrate Mannheims erstreckten sich die L-Quadrate auf beiden Seiten entlang der Bismarckstraße. Rechter Hand von Benjamin waren die geraden Nummern; auf der Seite, auf

der er lief, die Ungeraden. Soeben hatte er L9 passiert und spähte vorsichtig hinüber nach L6. Dort lag das Polizeipräsidium. Dorthin wollte er.
Eiskalt lief es seinen Rücken hinunter. Er blickte noch einmal hinüber und war schlagartig verunsichert. Musste er wirklich hier hin? War das, was er vorhatte, überhaupt das Richtige? Zweifel überkamen ihn und ließen ihn mehrere Minuten verharren, bis er eine neue Entscheidung getroffen hatte.
Nein, sagte er sich, was er vorhatte, war nicht richtig. Er drehte sich wieder um und verschwand in der Nacht.
Es gab eine andere Möglichkeit. Einen besseren Weg – aus seiner Sicht. Er war froh, für sich eine Lösung gefunden zu haben. Morgen würde er sie umsetzen. Jetzt war es Zeit, endlich schlafen zu gehen.

drei

»Micha, Micha! Vertrau mir! Nur vertrau mir«, brüllte Olivia aus Leibeskräften. Sie sah ihm dabei tief in die Augen, so als würde sie bereits wissen, dass ihre Worte nicht ausreichten.
Ihr flehender Blick traf den seinigen. Mit seinen hellblauen Augen blinzelte er sie an, noch immer liebevoll. Aber etwas hatte sich an ihm verändert. Sie spürte ein Misstrauen in seinem Blick, das sie nie zuvor gesehen hatte. Er musste ihre wahre Identität erfahren haben. Nur so konnte sie es sich erklären.
»Ich kann Dir nicht vertrauen«, schüttelte Micha den Kopf. »Ich liebe Dich. Aber du hast mir die ganze Zeit etwas vorgemacht. Das schmerzt. Das schmerzt sehr.«
»Micha. Nein!« Olivia meinte damit, dass sie ihm nichts vorgemacht hatte. Zugleich wollte sie ihn von seinem nächsten Schritt abhalten.
Michas Miene verfinsterte sich. Seine Züge waren nun härter und von Angst gekennzeichnet. Seine Unterlippe zitterte, doch seine Körperhaltung drückte trotz allem eine gewisse Entschlossenheit aus. Als er an seine Pistole griff, wusste Olivia, was gleich kommen würde. Panik ergriff sie. Angst. Todesangst. Nicht um sich. Um ihn! Um ihren geliebten Micha. Sie wollte verhindern, was er gerade vorhatte, denn sie kannte auch die andere Seite.
»Nein, Michaaaaaaaa!«, hörte sie sich brüllen. Dann stieß er sie zu Boden und öffnete die Tür der Villa,

in der sie sich befanden. Olivia taumelte und stürzte auf ihren Hinterkopf. Für einen Moment war sie benommen und handlungsunfähig – wie gelähmt. Das Bild verschwamm.
Ihre Erinnerung verblasste. Sie nahm noch das Geräusch von drei Schüssen wahr, die ihr Ziel nicht verfehlten. Dann sank ein totgeweihter Körper neben ihr zu Boden auf. Es war sein Körper.
»Michaaaa!«, hauchte Olivia. Zu mehr reichten ihre Kräfte nicht.
Getroffen lag er neben ihr. Dann streckte er zum letzten Mal seine Hand in ihre Richtung aus. Um Hilfe flehend blickte er sie an, so als könne sie ihm seinen Schmerz nehmen. Allmählich wurden seine Augen sanft, die Panik war verschwunden und wich dem leeren Blick des Todes.
Für einen kurzen Augenblick verharrte er so. »Micha«, weinte Olivia bitterlich. Die Tränen rannen ihr über das Gesicht. Danach kreischte sie wild und lautstark. Sie schlug mit den Armen um sich, stampfte mit ihren Beinen. An ihre Worte konnte sie sich nicht mehr erinnern. Ihren Schmerz würde sie jedoch nie vergessen. Sie trug diesen Tag immer mit sich herum.

Olivia schreckte hoch. Sie hatte schlecht geträumt. Ihr Herz raste. Ihre Vergangenheit hatte sie eingeholt. Die Bilder aus Berlin, die sie so gerne vergessen würde, kamen wieder hoch. Monatelang hatte sie sie beim ersten Anzeichen einer Erinnerung verdrängt, hatte sie in eine dunkle Kiste in den Keller gelegt und den Deckel verschlossen, wie sie sagen würde. Doch die Ereignisse der letzten Tage konfrontierten sie unweigerlich mit der Tragödie, die sich vor etwas mehr als einem Jahr zugetragen hatte.

Augenblicklich fühlte sie sich unbehaglich und bedrückt. Ihr Magen spielte verrückt und fühlte sich an, als ob sie Hunger und zugleich zu viel gegessen hätte. Sie hasste das. Zu ihrem Unbehagen gesellte sich ein undefinierbares Gefühl, so als ob sie ein schlechtes Gewissen oder etwas versäumt hätte. Beides traf jedoch nicht zu. Dessen war sie sich bewusst. Doch die Ereignisse der letzten Tage hatten so vieles aufgewühlt und in ihre Gegenwart gebracht, wovon sie glaubte, es bereits erfolgreich verdrängt zu haben. Verarbeitet war die Vergangenheit allerdings nicht. Das konnte sie nun deutlich spüren. Olivia schüttelte sich bei dem Gedanken an diesen Moment, der ihr so fern vorkam und doch so nah war.

Völlig mitgenommen torkelte sie in die Küche, um sich einen Kaffee zu brühen. Ihr Traum hatte sie so viel Kraft gekostet, als wäre sie gerade einen Marathon gerannt. Sie goss heißes Wasser auf das aromatische braune Pulver in der Kaffeepresse, stellte diese auf den Küchentisch und setzte sich. Ihren Kopf hatte sie in ihre Hände vergraben und verharrte so, bis der Kaffee durchgezogen war. Müde und völlig kaputt schlürfte sie aus ihrer Tasse, als hätte sie nie geschlafen. Erholsam war die Nacht in keinem Falle gewesen.

Am Kaffee nippend blickte sie eine Weile um sich. Sie wollte zur Arbeit – auch wenn sie sich eher so

fühlte, als müsste sie noch eine weitere Runde schlafen.
Dann suchte sie nach ihren Flipflops, schlurfte ins Bad und wusch sich das Gesicht. Das kalte, klare Wasser tat ihr gut. Sie hielt ihren Nacken für eine Weile unter den kühlen Strahl. Körperlich fühlte sie sich etwas besser als gleich nach dem Aufstehen; ihre Gefühlswelt wurde jedoch von dem gleichen Chaos wie zuvor regiert.
Nach einer ausgiebigen Dusche ging sie zurück in ihr Wohn- und Schlafzimmer und bereitete sich für ihren Dienst vor. Wenig später verließ sie ihre Wohnung und fuhr mit dem Dienstwagen zur Arbeit.
Dass dieser Tag noch Ereignisse mit sich bringen sollte, die ihr Leben als Kriminalkommissarin grundlegend erschüttern würden, ahnte sie trotz der Vorboten in diesem Moment nicht.

* * *

Moritz blinzelte in das trübe Morgenlicht, das sich durch die Wolken hindurch den Weg bis in die Neckarstadt gebahnt hatte. Er war ein Langschläfer und kämpfte sich jeden Morgen aus dem Bett. Jetzt aber, da er noch krankgeschrieben und zu Hause war, wollte er auf keinen Fall in den Tag hinein leben. Schließlich sollte er in ein paar Wochen wieder seinen Dienst antreten. Dann wollte er fit und einsatzbereit sein. Um morgens leichter aus dem Bett zu kommen, ließ er die Rollläden in seiner Wohnung nicht herunter. Das war kein Problem, denn er lebte im dritten Stock. Niemand konnte sein Zimmer direkt einsehen. Und das Sonnenlicht half ihm beim Aufstehen.

Moritz bewohnte das Apartment in der Mannheimer Neckarstadt zusammen mit seiner Schwester Ronja, die viel jünger war als er und gerade an der Mannheimer Hochschule ein Studium begonnen hatte.

Ronja war meistens bereits am frühen Morgen unterwegs. Wenn sie nicht in die Hochschule musste, dann trieb sie Sport und joggte durch die Nachbarschaft.

Auch heute Morgen war sie bereits unterwegs. Der Kaffee, den sie ihrem Bruder auf den Frühstückstisch gestellt hatte, war noch warm. Moritz nahm einen Schluck und setzte sich an den Tisch. Dann schlug er die Mannheimer Tageszeitung auf, um zu lesen, wie »seine Stadt gerade tickt«. Das machte er jeden Morgen so, seit er bei der Polizei war.

Doch heute verschlug es ihm die Sprache, als er die ersten Schlagzeilen auf der Titelseite las. Nicht Terror und Krieg, noch nicht einmal ein blutiges Verbrechen waren der Grund. In großen Lettern konnte er den Namen seiner Kollegin Olivia von Sassen lesen.

Zittrig stellte er seine Tasse ab. Dann suchte er nach seinem Handy. Als er es in der Hosentasche einer Jeans, die bereits im Wäschekorb lag, gefunden hatte, wählte er schnell Olivias Nummer.

Sie nahm ab.

»Hallo Moritz, so früh wach? Neues vom Pentagramm? Oder was gibt's?«

»Prinzessin! Alarmstufe Rot!«
Dann musste er sich kurz sammeln, um ihr zu erklären, was in der Zeitung stand. Ein kurzer, unangenehmer Moment des Schweigens trat ein.
Dann begann Moritz:
»Livi. Du solltest unbedingt etwas wissen, bevor du zur Arbeit gehst.«
»Schieß los, Moritz!«

***

Olivia hatte kurz am Hauptbahnhof gehalten und sich die aktuelle Tageszeitung gekauft. Mit zitternden Händen hatte sie bezahlt, war aus dem Laden auf den kleinen Platz vor dem Bahnhof gelaufen und hatte sich das Titelblatt angeschaut. Es verschlug ihr die Sprache über so viel Unverfrorenheit! Wutentbrannt eilte sie nun in das Polizeipräsidium. Die Müdigkeit, die sie nach dem Aufstehen verspürt hatte, wich aus ihren Knochen. Trotzdem fühlte sie sich weiter ausgelaugt.
Das, was in großen Buchstaben auf dem Titelblatt des Mannheimer Morgens stand, hatte sie zutiefst getroffen. Was in aller Welt bildete sich Klose ein! Ihre Gedanken rasten wie wild. Sie kochte. Und es dauerte ihr viel zu lange, bis sie endlich Dr. Kloses Büro erreicht hatte. In ihrer Gedankenschleife war sie voller Wut mehrfach vor ihm gestanden und hatte ihm ihre Meinung gesagt. Einmal hatte sie wild die

Bürotür aufgerissen und ihn angeschrien, ein anderes Mal höflich geklopft und ihm zuckersüß ihre Meinung gesagt. Nun war sie im Gang vor seinem Büro angekommen, die Tür war in greifbarer Nähe, und sie stellte sich die Frage: Aufreißen und schreien? Oder klopfen und abwarten? Wie konnte ihr Chef, dem sie sich anvertraut hatte, sie nur so verraten?

Bevor sie sich für eine Variante entschieden hatte, flog die Kloses Bürotür auf und er trat auf den Gang. Seinem Blick zufolge war er genauso überrascht, sie vor seiner Tür stehen zu sehen, wie es Olivia darüber war, dass die Tür gerade aufgeflogen war.

»Gut, dass Sie da sind«, begann er ruhig und sachlich, nachdem er sich von seinem Schrecken erholt hatte.

»Was soll das denn nun wieder heißen?!«, kreischte sie ihn ungewöhnlich laut und harsch an.

Klose blickte den Gang in beide Richtungen entlang, dann gab er ihr mit dem Kopf ein Zeichen, ihm in sein Büro zu folgen.

Der Kriminaldirektor ließ sich in seinen Stuhl fallen und richtete seine Krawatte, während Olivia sich vor seinem Schreibtisch aufbaute und ihm den Mannheimer Morgen vor die Nase knallte.

»Was soll das, Chef!?! Was fällt ihnen ein?«

Klose rang um Fassung. So hatte ihn ein Angestellter seit Jahrzehnten nicht mehr angegangen. Und überhaupt! Was wollte sie? Er war doch empört über ihr Verhalten und nicht umgekehrt!

»So kommen wir auf keinen roten Zweig«, sagte er leise und holte tief Luft. »Was erzählen Sie mir denn

von Vertrauen und Geheimnis, wenn Sie alles genauso gleich der Presse erzählen, Frau von Sassen?! Wissen Sie, was Sie damit angerichtet haben?«
»Ich soll das gewesen sein? Sie waren das!«
Dann sahen sich beide lange an und begriffen, was eigentlich gerade geschehen war.
»Wir haben einen Maulwurf«, gab Klose von sich.
»Wir wurden belauscht«, überlegte Olivia.
Sie setzte sich auf die Couch, auf der sie manchmal Platz nahm, wenn Klose eine Besprechung einberief. Vor ihr auf dem Tisch lag Kloses Tageszeitung. In großen Buchstaben stand dort: »Ist eine Kommissarin die Mörderin vom Luisenpark?« Der dazugehörige Artikel beschrieb im Grunde das Gespräch, das Olivia mit Klose am Tag zuvor geführt hatte.
Die Erleichterung darüber, dass Klose sie nicht ans Messer der Presse geliefert hatte, vermischte sich mit ihrer Wut über die Lauscherei und bescherten Olivia ein Unwohlsein in der Magengegend. Wer hatte ein Interesse daran, ihr zu schaden? Ihre Gedanken rasten. Klose erklärte irgendetwas, doch Olivia hörte ihm nicht zu. Wer wollte ihr schaden? Stück für Stück fügten sich ihre Gedanken zusammen. War Bernhard Modrow nur der Köder einer viel größeren Macht, die sie zur Strecke bringen wollte? Olivia ging in Gedanken alle Fälle durch, in die sie verwickelt war. Doch außer der Geschichte mit Bernhard konnte sie sich niemanden vorstellen, der ihr dergestalt schaden wollte.
Klose schimpfte mittlerweile gewaltig auf Beyer. »Beyer hat den Artikel verfasst. Wahrscheinlich will

der mir schaden – und Sie, Olivia, sind das Bauernopfer!«
Olivia schüttelte langsam den Kopf, ihre Gedanken drehten sich rasant weiter. Es gab noch eine andere Möglichkeit, die Schlagzeilen zu erklären. Der Mörder möchte von sich ablenken! Das würde auch bedeuten, dass der Mörder oder einer seiner Helfer gestern in ihrer Nähe war! Olivias Herz begann schneller zu pochen. Sie unterbrach Klose, der die ganze Zeit vor sich hingeschimpft hatte. Sie hatte eine Spur gewittert und wurde nahezu enthusiastisch.
»Wir müssen die Überwachungskameras im Bahnhof durchsehen!«
»Wir müssen gar nichts, Olivia. Ich muss Sie vorübergehend vom Dienst suspendieren. Sie sind befangen.«
Olivia verschlug es die Sprache. Langsam stand sie auf.
»Olivia, wir sind inmitten laufender Ermittlungen!« Er blickte über seinen Brillenrand hinweg. »Wir sind der Öffentlichkeit Rechenschaft schuldig! Wie stellen Sie sich das vor? Jeden Tag auf der Titelseite? Nein. Ich muss Sie zu Ihrem Schutz abziehen! Machen Sie sich ein paar schöne Tage und kommen Sie in einer Woche wieder.«
»WAS?!«, wollte Olivia brüllen, doch sie war unfähig, einen Ton über die Lippen zu bringen. Stattdessen sagte sie leise: »Alles okay. Alles nach Vorschrift. Verstehe.«
»Ihre Dienstwaffe, bitte«, bat Klose.

Sie griff an ihren Gürtel, zog die Pistole heraus und legte sie langsam vor sich auf den Tisch. Ohne ihren Chef anzusehen, verließ sie sein Büro und zog die Tür hinter sich zu.

»Scheiße.«

Sie blickte den Gang entlang. Ganz hinten war ihr Büro. Die Tür war zu. Nach dem Schock breitete sich in Olivia nun tiefe Enttäuschung aus. Sie beschloss, nicht mehr in ihr Büro zu gehen, sondern verließ das Polizeipräsidium.

Als sie auf der Bismarckstraße stand, blieb sie eine Weile stehen und beobachtete den Verkehr. Sie lehnte sich an die Hauswand des Präsidiums und ließ ihre Gedanken schweifen.

Nach einer Weile klingelte ihr Telefon. Es war Tom Schiller.

»Olivia, kommst du noch mal schnell rein?«

* * *

Fatih stand in der Gerichtsmedizin und war gerade mit den letzten Untersuchungen an der Leiche vom Luisenpark fertig. Er deutete seinen Mitarbeitern an, den Toten zurück ins Kühlfach zu schieben.

Dann lief er in sein Büro, zog seine OP-Kleidung aus und ließ sich in seinen Schreibtischstuhl fallen. Gerade als er mit seinem Handy die Nummer seiner Frau wählte, klopfte es an der Tür.

»Darf ich kurz stören?« Vero Turner streckte ihren

Kopf durch die Tür. Sie war eine seiner Mitarbeiterinnen und er hatte sie am frühen Morgen mit der Analyse des Geldbeutels und des Handys beauftragt, die gestern Abend in der Wohnung in Neuostheim gefunden worden waren.

»Aber immer doch, Vero! Kommen Sie rein.«

Schnell versteckte Fatih das Handy unter seinem Schreibtisch und brach den Anruf ab. Er hatte seiner Frau versprochen sich zu melden, sobald er Zeit hatte. Nun hatte er eben keine Zeit. Er mochte Vero Turner und hatte sie gefördert, seit sie ein Praktikum in der Gerichtsmedizin absolviert hatte. So sehr, dass sie eine Gefahr für seine Frau war, mochte er sie allerdings nicht. Keine andere Frau war eine Gefahr für seine Frau. Da war er sich sicher.

Vero setzte sich.

»Sind Sie fertig mit der Analyse, Vero?«

Die junge Frau nickte.

»Wir haben an beiden Gegenständen DNA-Analysen durchgeführt. Beide gehören der Analyse zufolge dem Toten. Arndt Schulte. Leider konnte die DNA nicht mit der DNA von Dieter Fink verglichen werden. Wir haben noch keine Vergleichs-DNA.«

»Dann kann Klose die Fahndung nach Dieter Fink einleiten. Wir haben eine heiße Spur. Um nicht zu sagen, einen Beweis!«, bemerkte Fatih.

***

Olivia stürmte zu Tom ins Büro.
»Was ist los?«
Tom stand von seinem Schreibtisch auf, lief langsam an ihr vorbei und zog die Tür zu.
»Setz dich.«
Er machte ein Handzeichen und bot Olivia einen Platz an.
»Ich bleib lieber stehen. Ich sollte im Grunde gar nicht mehr hier sein!«
»Das ist nicht ganz richtig. Vielleicht bist es gerade du, die hier sein sollte. Nur wissen wir es noch nicht.«
Sie verstand nicht recht, was ihr Kollege von ihr wollte. Er hatte sich mittlerweile gesetzt und bot ihr noch einmal mit einer Geste an, endlich Platz zu nehmen.
Olivia setzte sich.
»Hast du nicht gehört, dass ich gerade freigestellt wurde?«
»Doch, das habe ich«, sagte Tom, während er hinter seinem Schreibtisch Platz nahm. »Das ist übrigens genau der Grund, warum ich dich noch einmal hier herbestellt habe.«
Er zog den Mannheimer Morgen hervor und hielt ihn Olivia unter die Nase.
»Was war da los?«
»Das hast du doch bestimmt schon gelesen!«
Er schüttelte den Kopf.
»Du verstehst mich falsch. Ich will nicht wissen, was du dem Pressefutzi gesagt hast, ich will wissen, was du mit dem Toten zu tun hast.«

»Wenn du glaubst, dass ich einem Journalisten etwas gesagt haben soll, dann bist du falsch gewickelt.«
»Es sieht aber ganz danach aus.«
»Das hier ist für mich beendet.«
Olivia stand auf und wollte zur Tür gehen. Doch Tom sprang wieselflink auf und versperrte ihr den Weg.
»Setz dich, ich hab ein paar Fragen.«
»Ich bin hier nicht zum Verhör.«
»Du stehst in einer Verbindung zum Toten, du hast Geheimnisse und du hast ein Mordmotiv.«
»Ein Motiv?«
»Ja, Rache. Er hat dir etwas angetan und du wolltest dich an ihm rächen. Offensichtlicher geht es nicht. Und wir haben keine heißere Spur.«
Olivia wollte sich nun an ihm vorbeidrängen.
»Bei dir tickt's wohl nicht mehr richtig!!!«
Tom hielt sie zurück und baute sich vor ihr auf.
»Du wirst diesen Raum nicht verlassen, ohne dass du meine Fragen beantwortet hast!«
»Alles, was ich zu sagen habe, steht in der Zeitung.«
Olivia fühlte sich wie in einem falschen Film. War das noch ihr Kollege, mit dem sie vor wenigen Tagen auf einer Undercovermission war? Dem sie vertraut hatte? Er hielt sie doch nicht wirklich für die Täterin?
Sie schaute ihn lange und durchdringend an. Er erwiderte ihren Blick. Dann schüttelte sie ihren Kopf.
»Du tickst nicht mehr richtig, Tom Schiller.«
»Ich handle nur nach Vorschrift. Du weißt etwas, was uns weiterhelfen könnte, und schweigst.«
Wieder blickten sie sich lange in die Augen.

»Wenn dieser Fall vorbei ist, wird das hier sein Nachspiel haben. Darauf kannst du dich verlassen.«
Sie drängte sich an ihm vorbei, ließ die Bürotür offen stehen und verließ wutschnaubend das Polizeipräsidium.
»Wenn das hier vorbei ist, bist du vielleicht keine Polizistin mehr«, brüllte ihr Tom hinterher. Er war sich unsicher, ob sie ihn noch gehört hatte. Eigentlich war das auch egal.

***

Moritz war den ganzen Tag durch Mannheim gelaufen. Er musste mehrere Pausen einlegen, weil er in seinem rechten Knöchel wieder leichte Schmerzen verspürte. Er biss jedoch die Zähne zusammen und genoss es, endlich wieder in seiner Stadt unterwegs zu sein. Schließlich wollte er den merkwürdigen Mann finden, der ihm im Luisenpark über den Weg gelaufen war.
Da er keinerlei Anhaltspunkte hatte, hoffte er, dass er ihm auf der Straße begegnen würde. Und selbst wenn dies ein großer Zufall wäre, so hoffte er doch, dass er durch das Herumspazieren wenigstens auf neue Ideen kommen würde. Früher, als er noch im Dienst war, hatte er das oft getan. So hatte er ein Gefühl für seine Stadt bekommen. Er konnte förmlich spüren, wie Mannheim tickte und die Metropolregion pulsierte.

Als er mitten auf den Planken unterwegs war, jener lebhaften Schlagader Mannheims und Haupteinkaufsstraße, die sich quer durch die Quadrate zog, hatte er eine SMS von Olivia erhalten. Sie gab sich geheimnisvoll, wollte ihn schnell sprechen und lud ihn zu sich nach Hause ein. Was sie genau von Moritz wollte, hatte sie nicht geschrieben. Er war gespannt. Moritz durchschritt den Teil der Planken, der seit 1975 als Fußgängerzone ausgebaut war und zwischen den Quadraten P und O verlief. Jenseits der Quadrate baute sich der Mannheimer Wasserturm auf, der von einer schön angelegten Gartenlandschaft umgeben war. Dahinter lagen die Oststadt und die Schwetzinger Vorstadt, wo Olivia wohnte. Moritz schaute auf die Uhr. Er entschloss sich zu Olivia zu laufen, auch wenn der Knöchel leichte Probleme bereitete.

Am Friedrichsring blieb er an der Ampel stehen und wartete mehrere Grünphasen ab. Vielleicht hatte er Glück und würde den merkwürdigen Mann mit dem Pentagramm sehen.

Während er sich die wartenden Passanten mit einem prüfenden Blick genau ansah, betrachtete er auch den Friedrichsplatz, auf dem der Wasserturm stand. Das gesamte Ensemble, das den Wasserturm umgab, war einer der schönsten Flecken seiner Stadt und ganz im Jugendstil gehalten. Der Turm war von 1886 bis 1889 erbaut worden. Gleich im Anschluss wurden die ihn heute umgebenden Gebäude errichtet. Linker Hand lag der Rosengarten, Mannheims großes Veranstaltungshaus, rechts die Kunsthalle. Beide Seiten des ovalen Friedrichplatzes führten über die

Arkaden in die Augustaanlage, die aus der Stadt hinausführte.
Moritz entschied sich, links um den Wasserturm herumzugehen. Nach dem Rosengarten kamen einige Straßencafés. Und da das Wetter heute so einigermaßen in Ordnung war, saßen viele Besucher draußen. Auch hier versuchte er sein Glück, fand den merkwürdigen Mann aber nicht. Also ging er weiter über die Augustaanlage in die Schwetzinger Vorstadt, zu Olivia.
Als er bei ihr ankam, war sie noch nicht da. Er setzte sich daher auf die kleinen Stufen vor der Hauseingangstür und betrachtete die Straße und die Passanten. Dabei fiel ihm die Hauswand gegenüber auf. Sie gehörte zu einem mittelständischen Unternehmen und passte überhaupt nicht zu den alten Jugendstilhäusern der Straße.
Nach zehn Minuten wurde Moritz allmählich ungeduldig. Mehrmals schaute er auf seine Uhr. Auf Olivia hatte er noch nie gewartet! Eigentlich war sie immer pünktlich – und er der Unpünktliche in ihrem Team. Schließlich erhielt er eine SMS von ihr. Sie war noch im Polizeipräsidium aufgehalten worden und wollte sich mit ihm in zwanzig Minuten vor dem Gebäude treffen.
Moritz seufzte. Der Weg in die Schwetzinger Vorstadt war umsonst gewesen. Er stand auf und ging in Richtung Straßenbahnlinie, die nicht weit entfernt, gleich hinter der Tankstelle in der Seckenheimer Straße, verlief. Er humpelte zur Haltestelle Werderstraße, wartete auf die Bahn und stieg ein.

Die Straßenbahn war nicht sonderlich voll und er konnte sich einen Sitzplatz an der linken Fensterreihe ergattern. Gedankenverloren blickte er hinaus auf die Straße. Den merkwürdigen Mann hatte er nicht gesehen, obwohl er den ganzen Tag unterwegs gewesen war und die Augen offen gehalten hatte. Er sagte sich, dass es auch ein zu großer Zufall gewesen wäre, ihn einfach so zu treffen.
Nun fuhren sie gerade am Café Lido vorbei, wo er sich vorgestern mit einigen Freunden getroffen hatte. Gegenüber folgte die Heilig-Geist-Kirche.
Als sie die Roonstraße passiert hatten, traute Moritz seinen Augen nicht. War das nicht genau der Merkwürdige, den er suchte? Er stand auf und beugte sich über einige Fahrgäste, die auf der rechten Seite der Bahn saßen. Doch, das war der Mann! Er trug denselben Mantel wie gestern und war ähnlich schlecht frisiert. Moritz ließ ihn nicht aus den Augen und drückte die Haltewunschtaste.
Die Bahn war zu schnell an ihm vorbei. Aber es war derselbe Mantel gewesen. Und die Haare standen kreuz und quer zu Berge. Das war er! Moritz war sich sicher. Unerbittlich fuhr die Bahn weiter und Moritz wünschte sich, einfach James Bond zu sein. Er wäre durch ein Fenster der Straßenbahn gesprungen und mit zwei Sätzen bei dem Gesuchten gewesen. Moritz war aber leider kein englischer Geheimagent, sondern wartete ungeduldig, dass die Bahn bei der nächsten Haltestelle hielt. In der Ferne konnte er gerade noch sehen, wie der Gesuchte in die Roonstraße einbog. Dann war er verschwunden.

Als die Bahn endlich stand, drängte sich Moritz an einigen anderen vorbei, die auch aussteigen wollten. Dann rannte er so schnell es ging zur Roonstraße. Sein Knöchel schmerzte dabei so sehr, dass er nach einigen Metern sein Tempo verlangsamen und das rechte Bein humpelnd hinter sich herziehen musste. Endlich erreichte er die Roonstraße und blickte hinein.
Mist!
Der Mann war verschwunden.
Moritz ließ sich auf den Gehweg fallen, setzte sich auf und streckte sein Bein aus.
Verdammt!

***

Der Aufruhr war groß.
An allen Eingängen des Luisenparks postierten sich Streifenpolizisten und sorgten dafür, dass niemand den Park verlassen konnte. Vor allem am Unteren Luisenpark, jenem frei zugänglichen Stück und ältesten Teil der Anlage, sammelte sich eine große Menschenmenge. Jogger, Spaziergänger und Anwohner waren zusammengelaufen, um den Einsatz der Polizei zu beobachten.
Gegen 10.30 Uhr schritt Klose durch die Streifenwagen hindurch. Wie ein Racheengel auf dem Weg zu seiner Mission schwebte er auf den Eingang des Parks zu. Ihm folgten Tom Schiller sowie ein Sonder-

einsatzkommando. Sie waren gekommen, um Dieter Fink zu verhaften.
Auch im Park bot sich das gleiche Bild. Klose hatte es scheinbar mehr als eilig, um zum Pflanzenschauhaus zu kommen und der Öffentlichkeit endlich den mutmaßlichen Täter präsentieren zu können.
Am Eingang des Pflanzenschauhauses stand Dieter Fink mit einem Besen in der Hand. Er kehrte den Dreck auf dem Boden zusammen.
Klose ging direkt auf ihn zu. Die ihm folgenden Polizisten hatten Mühe seinem Tempo zu folgen.
»Dieter Fink?«
»Ja.«
»Klose. Kriminalpolizei Mannheim. Ich habe einige Fragen an Sie.«
»Ja«, antwortete Fink dumpf. Er ahnte nicht, in welcher Situation er sich gerade befand.
»Wo waren Sie gestern Abend zwischen 20 und 0 Uhr?«
»Bei moim Bruda in de Palz driwwe.«
»Und wo waren Sie vor zwei Tagen abends zwischen 19 und 21 Uhr?«
Er überlegte eine Weile. Als ihm einfiel, wo er gewesen war, musste er sogar ein wenig lachen.
»Ah, im Luisepark. Isch schaff jo bis um achte. Donn bin isch zu mir geloffe.«
»Gibt es dafür Zeugen?«
»Was, dass ich geschafft hab? Isch fang imma pingtlisch oh un isch her a imma pingtlisch uff. Also um achte.«
»Das heißt, Sie waren zur Tatzeit im Luisenpark und niemand hat Sie gesehen.«

»Genauso wars«, antwortete Dieter Fink und ritt sich mitten in die eigene Verhaftung.
»Ich verhafte Sie nun wegen des Verdachts des Mordes an Arndt Schulte.«
Klose gab seinen Streifenpolizisten ein paar Zeichen, die sich um Fink kümmerten. Er selbst drehte sich auf dem Absatz um und schwebte wieder zu seinem Dienstwagen zurück.

***

Wenig später war Klose bereits wieder im Polizeipräsidium. Vor dem Haupteingang hatte sich eine kleine Menschenmenge versammelt, um Neuigkeiten nach dem Polizeieinsatz zu erfahren. Während der Rest der Dienstwagen direkt in die Tiefgarage von L6 fuhr, ließ es sich Klose nicht nehmen, den Journalisten eins auszuwischen, stieg einige Quadrate entfernt an der vielbefahrenen Bismarckstraße aus und überquerte sie, um von der Seite der ungeraden L-Quadratnummern auf das Polizeipräsidium zuzuschreiten.
Er hatte die kleine Gruppe fest im Blick, die sich mit Mikrofonen und Kameras um den Eingang von L6 herum aufgestellt hatte. Als sie Klose endlich auf der anderen Straßenseite erblickten, blitzten sofort die ersten Kameras auf. Klose wartete brav, bis es grün wurde, und genoss die ungeduldigen Gesichter der Journalisten, während auch sie warten mussten.

Als die Ampel umsprang, überquerte er langsam die Straße und ging dann direkt auf die Journalisten zu.
»Herr Dr. Klose, haben Sie Neuigkeiten?«, fragte ihn sofort ein Mann mit Mikrofon.
»Ja, habe ich«, grinste Klose stolz.
»Haben Sie den Mörder«, wollte Beyer wissen, hinter dem Klose die Schlagzeilen des Vormittags vermutete.
»Wer als Mörder gilt, entscheidet ein Richter in diesem Land.«
Wieder genoss Klose seine Aussage. Im Stillen klopfte er sich auf die Schulter. So machte ihm ein Treffen mit den Journalisten Spaß.
Er ging die wenigen Stufen zum Haupteingang des Präsidiums hoch und drehte sich noch einmal um.
»Wer von Ihnen hat die Schlagzeilen von heute Morgen zu verantworten?«, fragte er in die Runde, als wäre er ein Grundschullehrer.
Niemand zeigte eine Reaktion.
»Das habe ich mir gedacht. Dafür habe ich eine Überraschung für Sie alle. Heute gibt es keine weitere Pressekonferenz. Die Neuigkeiten entnehmen sie bitte einer Pressemeldung, die im Laufe des Nachmittags herausgegeben wird. Im Moment sieht sich kein Mitarbeiter der Polizei in der Lage, mit Ihnen zu sprechen.«
Klose fand, dass die Retourkutsche gesessen hatte. Zufrieden zog er die schwere Eingangstür auf und betrat das Polizeipräsidium.

***

Olivia wartete ungeduldig auf dem Gang. Vor das Polizeipräsidium hatte sie sich nicht getraut, solange nicht klar war, welcher Journalist sie ans Messer geliefert hatte. Sie zog sich um eine Ecke des Gangs zurück, sodass sie niemandem sofort auffallen würde, aber auch sehen konnte, wann Klose kam. Dem Geräuschpegel zufolge tat sich etwas unter den Journalisten, die vor dem Präsidium warteten. Dann erkannte sie, wie Klose durch die Journalistentraube schritt und die Tür zum Polizeipräsidium öffnete. Er war auf dem Weg in sein Büro.

»Es ist alles gesagt, was es im Moment zu sagen gibt, meine Herren!«, wimmelte er die letzten Journalisten ab. Dabei hob er unschuldig die Hände und drängte sich an ein paar Kollegen vorbei. Als Klose um die Ecke bog, sah er Olivia.

»Sie sollten nicht hier sein, Frau von Sassen.« Klose runzelte die Stirn.

»Glauben Sie mir, ich will hier auch gar nicht sein«, antwortete Olivia.

»Wir haben den Kerl. Wenn Sie möchten, können Sie morgen wieder kommen. Ansonsten gilt meine Ansage: Nehmen Sie sich eine Woche frei.«

Olivia schüttelte den Kopf.

»Weder noch, Chef.«

Sie drückte ihrem Chef ein Formular in die Hand.

»Ich möchte Urlaub. Drei Wochen.«

Klose schaute sie fragend an.

»Frau von Sassen ... Sie müssen verstehen, warum ich Sie von dem Fall abgezogen habe ...«
»Ich verstehe«, unterbrach Olivia ihn. »Ich verstehe Sie durchaus. Aber Sie müssen verstehen, dass ich nach einem Jahr Dauerdienst jetzt Urlaub möchte. Und ich will vor allem Abstand von dem ganzen Mist hier!!!«
Klose warf einen Blick auf das Formular. Ihm gefiel Olivias Auftritt überhaupt nicht. Für Aufmüpfigkeit war in seiner Mitarbeiterführung kein Platz vorhanden.
Er unterzeichnete den Urlaubsantrag.
»Sie haben nun Ihre Ruhe, ich möchte jetzt die meinige. Gute Erholung!«, gab er schnippisch von sich und wendete sich einer Akte zu, als wäre sie das wichtigste Schreibstück der Menschheitsgeschichte.
Olivia stand wie angewurzelt vor ihm. Sie konnte nicht verschwinden. Irgendwie hatte sie gehofft, dass Klose ihren Urlaub nicht einfach so genehmigen würde. Sie fragte sich nach ihrer Eitelkeit und schüttelte in Gedanken den Kopf. Hatte sie wirklich erwartet, dass er sie anflehen würde, keinen Urlaub zu nehmen, weil sie so wichtig für die Kriminalpolizei war? Oder hatte sie erwartet, dass Klose um die einzelnen Tage feilschen würde. Urlaub ja, drei Wochen nein!
Jeder war ersetzbar. Sie auch. Das gab ihr Klose mit seiner Haltung deutlich zu verstehen.
Als Olivia nicht verschwand, blickte Klose sie scharf an.
»Ihr Urlaub ist gewährt. Sonst noch etwas?«

»Danke Chef. Wir sehen uns in drei Wochen.«
Sie drehte sich um und ging durch den Nebenausgang auf die Straße, um nicht weiter aufzufallen.
»Das will ich hoffen«, murmelte Klose in sich hinein, als er sicher war, dass Olivia außer Hörweite war.

***

Vor dem Haus traf Olivia auf Moritz.
»Mensch, ich war schon bei dir zu Hause!«
»Tut mir leid, hier ging es heute drunter und drüber.«
Olivia lief los und ließ Moritz stehen, der zunächst gar nicht reagierte.
»Los, komm, Moritz!«
Erst dann reagierte er.
»Was ist in dich gefahren?«
»Wir müssen sprechen. Spaghettieis?«
»Spaghettieis«, antwortete er mit einem Nicken.
Wenig später saßen die beiden in der Eisdiele Dario Fontanellas, Erfinder des Spaghettieis', und diskutierten die Situation.
»Schieß los, Prinzessin, was ist heute passiert?«, wollte Moritz wissen, sobald der Kellner außer Hörweite war.
»Heute ...«, seufzte Olivia und probierte das Eis. »Also, nachdem du mich wegen des Artikels gewarnt hattest, bin ich gleich zu Klose. Er beteuert, dass er nicht zur Presse gegangen ist.«

»Ich kann mir das auch nicht vorstellen. Nicht bei ihm. Und wenn er es nicht war, dann wurdest du belauscht.«
»Genau. Aber deshalb blieb Klose keine andere Wahl, als mich vom Fall abzuziehen. Er meinte, ich solle in einer Woche wiederkommen. Das hat mich dann so angekotzt, dass ich nun drei Wochen Urlaub eingereicht habe ...«
Sie machte eine kurze Pause und schaute in Moritz verdutztes Gesicht.
»Und?«, fragte er nach einer Weile.
»Und er hat zugestimmt.«
»Herzlich willkommen im Leben nach dem Polizeidienst!«, lachte Moritz halb aufgesetzt.
»Mir ist leider nicht nach Lachen zumute. Nun haben die den einen Gärtner verhaftet. Der Fall ist geklärt. Aber der ganze Hintergrund mit Bernhard Modrow beziehungsweise Arndt Schulte ist nicht geklärt«, seufzte sie. »Warum war der wirklich hier? Was wollte er von mir?«
Der letzte Satz klang leicht verzweifelt.
»Und: Warum hat ihn der Gärtner getötet. Totschlag im Affekt, wahrscheinlich. Aber warum?«, gab Moritz zu bedenken.
Der Kellner kam und Moritz lud Olivia auf das Spaghettieis ein.
»Ich bring dich nach Hause, Livi.«
Auf dem Nachhauseweg überlegten sie, was es mit dem Mordfall auf sich haben könnte. Doch sie kamen nicht weiter. Am Wasserturm blieben sie für einen Moment stehen.

»Du hast mir etwas von Berlin erzählt, aber nicht alles. Vielleicht erzählst du mir, was wirklich in Berlin passiert ist, Prinzessin.«
»Ich darf das nicht, Moritz. Ich würde mich in Gefahr bringen und ich würde suspendiert werden, wenn das rauskäme.«
Moritz sagte zunächst nichts. Er blickte zu Boden, dann blinzelte er in die Sonne, die zwischen den Wolken auf den Wasserturm niederstrahlte.
»Olivia!«, sagte Moritz und sah seine Kollegin eindringlich an. »Ich weiß nicht, was damals passiert ist. Ich weiß nicht, was das mit dem Toten im Luisenpark zu tun hat. Ich weiß nur, dass du eventuell in Gefahr bist, weil du nichts sagst.«
Olivia kämpfte gegen sich selbst an. Sie wünschte, sie wäre nie in diese Situation geraten. Aber daran war nichts zu ändern.
Moritz fuhr fort.
»Du kannst mir zu hundert Prozent vertrauen. Wenn du mir dein Geheimnis anvertraust, dann kann ich dich schützen. Ich werde niemandem davon erzählen. Und wir können klären, was es mit dem ganzen Fall auf sich hat.«
»Moritz, ich ...«, fing Olivia an, dann hatte sie einen anderen Gedanken: »Wir sind doch noch nicht einmal mehr Polizisten. Du bist krank geschrieben und ich beurlaubt.«
»Siehst du, Prinzessin, jetzt wirst du vernünftig. Wir sind noch nicht einmal mehr Polizisten. Dann kannst du mir in Ruhe erzählen, was in Berlin vorgefallen ist.«

Moritz setzte sich auf die unteren Stufen des Aufgangs zum Wasserturm und deutete auf den Platz neben sich. Olivia folgte ihm langsam. Sie fühlte sich wie in Trance. Innerlich fasste sie den Entschluss, Moritz von Berlin zu erzählen. Es war das Richtige, das fühlte sie, auch wenn sie geschworen hatte, nie mit irgendjemandem darüber zu sprechen.

Langsam ging sie zu Moritz und setzte sich neben ihn.

»Komm, Prinzessin, erzähl mir, was los war.«

Olivia saß eine Weile neben Moritz und ordnete ihre Gedanken. Dann begann sie.

»Ich war fünf Jahre Undercover in Berlin. Damals gehörte ich zu einer Spezialeinheit, die sich mit der Aufklärung von Stasimorden befasste. Die meisten Fälle bestanden aus der Analyse der Stasiakten. Ein Großteil der Straftäter war in der Zwischenzeit gestorben. Wir konnten sie identifizieren, aber zu einer Anklage reichte es nicht mehr.«

Moritz war beeindruckt.

»Nicht schlecht. Das klingt nach einer interessanten Stelle. Wie bist du an sie gekommen?«

»Mein ehemaliger Chef bei der Kripo Stuttgart wurde nach Berlin versetzt und hat mich mitgenommen. War ganz einfach.« Die letzten Worte sollten witzig klingen, doch Olivia sagte sie leise und traurig vor sich hin.

»Vor drei Jahren sind wir einem bislang unbekannten Stasikiller auf die Schliche gekommen. Er hat während der Wende drei Ostberliner getötet. Das wusste man aber lange Zeit nicht. Sie galten als Flüchtlinge, die in den Westen ‚rübergemacht' hatten. Dabei hatte dieser Killer sie getötet.«

»Das System lag schon am Boden und er hat seine Opfer noch aus dem Weg geräumt?«, hakte Moritz nach.

Olivia nickte.

»Genau das hat er gemacht. Er war der Stasi loyal und hat seine Aufträge stets ausgeführt. Wir konnten ihn nie fassen. Und gestern Morgen lag er tot in Mannheim im Luisenpark.«

»Was? Arndt Schulte war ein Stasikiller?«

»Ja. Damals nannte er sich aber Bernhard Modrow. Wie sein richtiger Name ist, bleibt unbekannt.«

Olivia schwieg eine Weile. Sie starrte vor sich auf den Boden.

In ihrem Kopf drehten sich die Erinnerungen an ihre Zeit in Berlin. Sie hatte dieser Zeit lange nachgetrauert, weil sie ihr Leben auf dem Prenzlauer Berg und ihre Freunde sehr mochte. Der Fall »Modrow« jedoch brachte nur die dunkelsten Bilder wieder in ihre Gegenwart. Bilder, die sie eigentlich vergessen wollte.

»Was geschah dann?«

Olivia hatte sich vor dieser Frage gefürchtet, denn bislang hatte sie nichts von ihrem Engagement erzählt, sondern nur über den Toten gesprochen.

»Moritz, versprich mir, dass du nie mit jemanden über diese Geschichte sprechen wirst. Ich erzähle dir das nur, damit wir die Vorgänge um den Mord vollständig aufklären können.«

»Versprochen.«

Mit ihren dunklen Augen sah sie ihn eindringlich an, so als würde sie sein Innerstes greifen wollen. Auf keinen Fall würde er sein Versprechen jemals brechen. Da waren sich beide sicher.
»Es war meine Aufgabe, Modrows Sohn kennenzulernen. Über ihn wollten wir an Modrow selbst ran. Mir gelang es, Kontakt zu Michael Modrow aufzunehmen. Wir lernten uns kennen, gut kennen. Und wir bauten Vertrauen zueinander auf.«
»Ihr habt euch ineinander verliebt?«
»Ja, das haben wir«, kam es Olivia zaghaft über die Lippen. Der kalte Windhauch, der gerade über den Friedrichsplatz fegte, löste bei Olivia eine Gänsehaut es. Sie schüttelte sich.
»Was ist dann geschehen?«, unterbrach Moritz nach einer Weile die Stille.
»Monatelang war ich hin und her gerissen zwischen meinen Aufgaben als Ermittlerin und meinen Gefühlen für Micha. Als Ermittlerin hatte ich schnell Erfolge. Ich lernte Michas Vater kennen, den gesuchten Stasikiller, und konnte ihn auch identifizieren. Als Bernhard Modrow. Doch schon bald musste ich feststellen, dass Modrow seinen Sohn zu seinem Nachfolger heranzog. Offensichtlich gab es noch weitere Morde, die Modrow auch nach dem Ende der Stasi für seine alten Auftraggeber auszuführen gedachte.«
Sie schluckte, und es viel ihr sichtlich schwer über ihre Erlebnise zu sprechen. Moritz legte seinen Arm um ihre Schultern, um sie zu trösten.
»Komm schon, Prinzessin, ich pass auf dich auf.«

Wäre Olivia alleine gewesen, hätte sie ihre Tränen zugelassen. Vor Moritz aber wollte sie nicht weinen. Er hatte sie als starke Polizistin kennengelernt – und das wollte sie in seinen Augen auch bleiben. Ihre Vergangenheit jedoch belastete sie noch immer so sehr, dass sie einen Moment lang mit den Tränen rang. Dann konnte sie weiter erzählen.

»Micha verliebte sich auch in mich. Über Monate versuchte ich, ihn aus den Machenschaften seines Vaters rauszuziehen. Schließlich versprach er mir, sich nicht auf ihn einzulassen. Ich war erleichtert und hoffte, dass es nach der Festnahme von Modrow irgendwie eine Zukunft für uns geben könnte. Ich hatte mich jedoch getäuscht. Ohne mein Wissen und ohne, dass ich es hätte verhindern können, band Modrow seinen Sohn in seine Machenschaften ein. Er wurde Teil eines Kreises an Stasikillern, die bislang nicht überführt sind.

Am Tag des Zugriffs muss meine Deckung aufgeflogen sein. Modrow behandelte mich merkwürdig. Er gab die ein oder andere Bemerkung von sich, die ich damals nicht wirklich deuten konnte. Aber ich hatte das Gefühl, auf der Hut sein zu müssen. Von den Kollegen wusste ich, dass sie am Nachmittag einen Zugriff planten. Wir befanden uns auf dem Grundstück von Modrow in Königs Wusterhausen, außerhalb von Berlin. Doch kurz vor dem Zugriff verschwand Modrow und opferte seinen Sohn. Micha eröffnete das Feuer auf das SEK und starb im Kugelhagel. Ich lag neben ihm auf dem Boden und konnte es nicht verhindern.«

Wieder schnürte es Olivias Kehle zu und sie kämpfte gegen ihre zittrige Stimme an. Nach einer Weile fuhr sie fort.
»Es muss einen Insider gegeben haben. Zumindest vermuteten wir das. Irgendwer hat Modrow gewarnt. Damit ich nichts merken und er sich in Sicherheit wiegen konnte, schob er seinen Sohn vor, während er selbst geflohen ist.«
Wieder legte sie eine Pause ein.
»Im Vergleich zu dir scheine ich in Mannheim ein ruhiges Leben gehabt zu haben«, bemerkte Moritz leise und vorsichtig.
»Nach dem Vorfall wurde ich nicht weiter eingesetzt. Ich kam in das Kopenhagener Programm. Das sagt dir was, oder?«
»Ich kenne es nicht genau. Das ist so ähnlich wie ein Zeugenschutzprogramm, oder?«
»Genau. Aber nur für Polizisten und Staatsbeamte. Man taucht quasi unter. Teilweise wird kommuniziert, dass die betreffende Person tot ist. Das war bei mir auch so. In den Berliner Akten steht, dass ich im Kugelhagel gestorben bin. Deshalb musste ich letzten Sommer schnell aus Berlin weg. Und glücklicherweise hatte Dr. Klose meinem Abteilungsleiter angeboten, mich nach Mannheim zu holen.«
»Einmal hat er alles richtig gemacht«, flüsterte Moritz und lächelte ein wenig, um Olivia aufzuheitern.
»Ja, einmal.«
»Und jetzt?«
»Jetzt stellt sich mir die Frage, ob Modrow alias Arndt Schulte allein hier in Mannheim war oder ob

einer der Stasikiller mit ihm gekommen ist«, überlegte Olivia.
»Ja. Du bist im Grunde noch immer in großer Gefahr.«
»Oder auch nicht – falls es keine anderen gab.«
»Ich frage mich vor allem, warum ein hartgesottener Stasikiller ausgerechnet von einem Gärtner des Luisenparks umgebracht wird. Besonders, wenn der Gärtner das Gemüt eines phlegmatischen Kindes hat.«
»Ja, das frage ich mich auch. Das passt nicht«, gab Olivia zu.
»Warten wir es ab«, schlug Moritz vor.
»Nein, das tun wir nicht! Du hast frei, ich hab frei.« Olivia bekam wieder Mut. »Wir haben keinen Chef über uns und keinen offiziellen Auftrag. Aber wir werden die Angelegenheit aufklären.«
»Wie meinst du das, Prinzessin?«
»Naja, wir sind jetzt so eine Art Privatdetektive. Ich muss doch herausfinden, ob ich in Gefahr bin oder nicht!«
Das war ganz die alte Olivia, die Moritz kannte und mit der er liebend gerne zusammengearbeitet hatte.
»Wir gehen es an?«, fragte Moritz und wollte Zuversicht verbreiten.
»Wir gehen es an!«
Moritz hatte gehofft, dass Olivia aufspringen würde. Sie hatte jedoch an ihrer Vergangenheit zu sehr zu knabbern und erhob sich nur langsam. Als sie stand, lehnte sie sich schließlich an Moritz an und umarmte ihn. So standen sie eine Weile.
»Mir ist kalt.«

»Komm, ich bring dich nach Hause«, sagte Moritz und legte Olivia seine heißgeliebte Lederjacke um. Ihr größtes Geheimnis hatte Olivia Moritz jedoch nicht verraten.

***

Die Nacht brach allmählich über Mannheim herein. Im Schatten der Häuser wurde es dunkel. Olivia freute sich über die Lederjacke von Moritz, auch wenn diese nicht besonders wärmte. Wie er es immer nur im T-Shirt aushielt, blieb ihr ein Rätsel. Für seine Kälteresistenz war sie – besonders heute – jedoch mehr als nur dankbar.
Der Tag war für Olivia merkwürdig verlaufen. Zuerst hatte sie mit ihrem schlechten Traum gekämpft, dann hatte sie sich über die Schlagzeile im Mannheimer Morgen aufgeregt – und schließlich über ihre Kollegen. Konnte sie Klose noch vertrauen? Hatte er wirklich nichts an die Zeitung weitergegeben? Das Verhältnis zu ihrem neuen Kollegen Tom war zudem beschädigt. Er hielt sie für tatverdächtig! Es war eine Sache, die Fakten sprechen zu lassen. Ihnen zufolge war Olivia wirklich verdächtig. Die Kehrseite der Medaille sah jedoch anders aus. Sie war eine loyale Polizistin, der man vertrauen konnte. Sie opferte sich für andere auf, setzte sich für die Belange von Schwachen und Benachteiligten ein. Wie um alles in der Welt konnte Tom nur denken, dass sie verdächtig war?

Schweigend ging sie neben Moritz her, als sie das schlechte Gefühl vom frühen Vormittag einholte. Sie wünschte, sie wäre in einer anderen Situation. Je länger sie über sich nachdachte, desto mehr zweifelte sie an sich. War sie denn wirklich so loyal? In Berlin hatte sie Bernhard Modrow ans Messer liefern sollen. Sie spielte ihm über Monate Vertrauen und Loyalität vor. Und Micha? Ihn hatte sie wirklich geliebt. Doch mittlerweile war sie sich nicht mehr sicher, ob er ihr diese Liebe abgekauft hatte. Ihm gegenüber war sie loyal gewesen, seinem Vater nicht. Sie verstand Micha, dass er sie kurz vor seinem Tod in Frage stellte. Jemandem, der ein doppeltes Spiel spielte, konnte man nicht vertrauen. Und sie hatte das getan.
Vor allem aber war sie immer ihrem Auftraggeber gegenüber loyal. Also der Polizei und dem Staat. Je länger sie sich die Dreieckssituation in Berlin vor Augen hielt, desto mehr Zweifel überkamen sie. Jetzt, Monate später in Mannheim, war sie ihren Vorgesetzen und Kollegen wieder bedingungslos ergeben. Doch war sie nun in einer Situation, in der sie die Loyalität der Menschen um sich herum in Frage stellte. Sowohl Klose als auch Tom hatten sie schwer enttäuscht. Glaubte Klose wirklich, dass sie zur Presse rennen würde, nachdem sie ihm im Vertrauen von ihrer Vergangenheit erzählt hatte? Wenn er dies wirklich tat, dann konnte er sie auf gar keinen Fall kennen und ihre Fähigkeiten einschätzen.
Und was erlaubte sich Tom? Sie hatte ihn freundlich und offen als neuen Kollegen aufgenommen. Genau-

so, wie Moritz sie damals empfangen hatte. Doch sein Verhalten ließ immer mehr Zweifel an seiner Persönlichkeit zu. Wahrscheinlich war er ein karrieregeiler Opportunist, der darauf hoffte, befördert zu werden, sobald Olivia aus dem Weg wäre. Solche Menschen verachtete Olivia zutiefst. Sie glaubte fest daran, dass man sich nicht durch das Intrigieren gegen andere, sondern durch saubere, aufrichtige Arbeit nach oben bringen konnte.

Als sie in Olivias Straße einbogen, blieb Moritz plötzlich stehen und packte sie am Ärmel seine Lederjacke. Olivia sah zunächst nicht, was ihn so erstaunte und riss sich vorsichtig von ihm los.

»Verdammter Mist, Prinzessin!«

Er wechselte die Straßenseite und lief schnell einige Schritte weiter nach vorne, um einen besseren Blick zu erhalten. Es war mittlerweile dunkel, doch Moritz kannte die Hauswand gegenüber von Olivias Eingang zur Genüge. Vor wenigen Stunden war er genau hier gesessen und hatte auf den grauen Beton gestarrt. Jetzt, in der Dunkelheit der Nacht, konnte er ein Graffito erkennen, das in Augenhöhe auf dem Beton prangte.

»Livi! Ein Pentagramm.«

Er ließ sich auf die Stufen vor Olivias Haus fallen und betrachtete das Graffiti genauer.

Olivia setzte sich neben ihn und legte ihren Kopf auf seine Schulter.

»Ein Pentagramm. Nimmt dieser merkwürdige Tag kein Ende?«

»Das ist ein Zeichen, das nur dir gilt, Livi.«

Moritz zog einen Zettel aus seinem Geldbeutel und fragte Olivia nach einem Kugelschreiber.
»Wofür?? Ich will das abmalen!«
Müde und erschöpft zog Olivia ihr Smartphone heraus und machte mehrere Aufnahmen des Bildes.
»So macht frau das heute«, zwinkerte sie ihm zu und drückte ihm das Handy in die Hand, auf dem Moritz das Pentagramm groß und deutlich erkennen konnte.
»Ab jetzt sind wir Privatdetektive.«

* * *

Nicht weit von den beiden entfernt saß der Fremde in einem grünen Corsa und beobachtete sie.
Neben ihm auf dem Beifahrersitz lag die Mannheimer Tageszeitung vom Vormittag. Auch er hatte sie gelesen. »Ist eine Kommissarin die Mörderin vom Luisenpark?« stand in großen Buchstaben auf der Titelseite. Während man sich in Mannheim über die Kommissarin empörte und die Kriminalpolizei möglichst schnell einen Täter finden musste – und diesen jetzt auch präsentieren konnte –, las der Fremde den Inhalt völlig anders.
Er kannte Bernhard Modrow, der im Artikel als Arndt S. aus B. bezeichnet wurde. Er handelte in seinem Auftrag. Mit Olivia hatte er sich bislang nur peripher befasst. Doch auch er kannte die Vorgänge aus Berlin. Und er kannte Olivias großes Geheimnis.
Dass Modrow nun tot war, bekümmerte ihn. Sie hat-

ten lange Zeit miteinander gearbeitet. Er hielt ihn für einen ausgezeichneten Kollegen; jemand der für die gemeinsame Sache eingestanden war.
Der Fremde beobachtete, wie Olivia ihren Hausschlüssel hervorzog, die Haustür aufschloss und gemeinsam mit einem Typen, den er für ihren Freund hielt, das Haus betrat.
Als die beiden verschwunden waren, drehte der Fremde den Zündschlüssel herum und fuhr in die Nacht davon. Heute würde er seinen Auftrag nicht ausführen. Heute nicht. Das musste warten.

***

Die Neuigkeit, dass der Mörder vom Luisenpark gefasst worden war, verbreitete sich rasend schnell in Mannheim. Die junge Frau hatte es bei Facebook erfahren, weil sie ständig online war und ohnehin fieberhaft nach Neuigkeiten zu dem Mordfall suchte.
Erleichtert ließ sie sich auf einen Stuhl fallen und atmete durch. Das Handy legte sie auf den Schreibtisch und schaltete es aus.
Die Anspannung der letzten Tage hatte ihr schwer zu schaffen gemacht. Sie hatte die ganze Zeit Magenschmerzen und konnte sich nicht konzentrieren, sondern fühlte sich, als wäre sie auf einem fremden Planeten; als hätte sie das, was seit dem Abend im Luisenpark geschehen war, nur geträumt. Als wäre es ein Produkt ihrer Fantasie.

Doch dass das Geschehene real war, sagte ihr ihr Magen. Und ihr Gewissen.
Als sie mit ihrer Recherche fertig war, lief sie durch die Stadt. Ziellos, die Gedanken in der Vergangenheit und verträumt stromerte sie durch Mannheim, als ihr Handy klingelte. Es war ihr Freund.
»Wir müssen handeln«, hörte sie ihn sagen. »Ich weiß, wer uns beobachtet hat.«
Wortlos legte die junge Frau auf. Angst überkam sie.

vier

Das Sonnenlicht fiel durch Olivias Schlafzimmerfenster auf ihr Bett und weckte sie am späten Vormittag. Sie fühlte sich entspannt und ausgeruht, als sie erwachte. Nachdem sie sich gestreckt hatte, fragte sie sich für einen kurzen Moment, warum ihr Wecker nicht geklingelt hatte. Dann fiel es ihr wieder ein. Sie hatte Urlaub! Sie war von diesem Fall befreit! Sie dachte weiter darüber nach, nein, sie war den Fall noch nicht los. Moritz und sie wollten privat ermitteln. Das war gut so.

Olivia hatte besser geschlafen. Das gab ihr neue Kraft. Sie drehte sich noch einmal auf die andere Seite und zog ihre Decke nach. Es war wunderbar, nicht zur Arbeit zu müssen. Doch dem guten Gefühl folgten sofort die Gedanken an den gestrigen Tag. Sie erinnerte sich, warum sie überhaupt Urlaub genommen hatte. Dann fiel ihr ein, dass sie Moritz von Berlin erzählt hatte – und das schlechte Gewissen holte sie ein. Es wäre besser gewesen, ihr Geheimnis zu hüten!

Nun hatte sie Moritz in den Kreis derjenigen gezogen, die von dem Vorfall wussten. Welche Folgen das haben würde, konnte sie nicht absehen. Vielleicht würde auch er in Gefahr geraten. Aber durch den Druck der letzten Tage hatte sie das Bedürfnis gehabt, sich jemandem anzuvertrauen. Und Moritz war die einzige Person, der sie in Mannheim vertraute.

Vielleicht war er die einzige Person, der sie überhaupt vertraute.
»Kaffee?«
Olivia erschrak und zuckte zusammen.
Erst dann wurde ihr bewusst, dass sie noch die ganze Nacht mit Moritz über den Fall gegrübelt und er auf dem Sofa übernachtet hatte. Sie beruhigte sich wieder etwas. Dann nickte sie.
»Ja, Kaffee.«
»Hab ich mir gedacht.«
Moritz verschwand wieder und ging in die Küche.
Wenig später schlurfte ihm Olivia hinterher.
»Na, da hat jemand aber lange geschlafen!«
»Das war bitter nötig.«
»Siehst du, so ging es mir früher auch immer, wenn ich zu spät ins Büro kam und du sauer warst.«
Olivia erwiderte nichts und nahm stattdessen einen großen Schluck.
»Moritz, ich hab Urlaub.«
»Falsch, Prinzessin. Das ist dein erster Arbeitstag unserer gemeinsamen Detektei. Wir sind nun Detektive! Schon vergessen?«
Olivia erinnerte sich. Sie hatten beschlossen, den Fall gemeinsam noch einmal aufzuwickeln.
»Bist du schon lange wach, Moritz?«
»Ja, und ich war auch schon fleißig.«
Er zog einen Block hervor, auf dem er wild Anmerkungen gemacht und alles zum Fall notiert hatte.
»Im Grunde ist es ganz einfach, Prinzessin. Wir müssen den merkwürdigen Typen finden, der mir im Luisenpark entgegen kam.«

»Die Theorie mit dem Pentagramm scheint ja jetzt bestätigt, nachdem er mir das an die gegenüberliegende Hauswand gemalt hat.«

»Genau. Er muss etwas gesehen haben.«

Olivia überlegte eine Weile.

»Warum ist er nicht zur Polizei?«, fragte sie schließlich.

»Naja, er ist ja zur Polizei. So wie er das eben sieht. Er ist zu dir. Wahrscheinlich hat er dich beobachtet und dich als die richtige und einzige Person identifiziert, der er das mitteilen möchte, was er im Luisenpark gesehen hat«, antwortete Moritz.

»Das klingt mir nicht ganz koscher.«

»Sag ich doch, Livi. Das war ein extrem merkwürdiger Moment, als der auf mich zulief. Vielleicht ist er irgendwie anders.«

»Oder er hat das Asperger-Syndrom. Darüber hatte ich gerade gelesen und deine Schilderungen passen irgendwie dazu. Weißt du mehr über Autismus?«

»Nicht viel. Zumindest so wenig, dass ich aus der Ferne keine Diagnose stellen kann.«

Olivia nahm einen weiteren Schluck Kaffee. Das schlechte Gefühl von vorhin wich. Es war richtig gewesen, Moritz reinen Wein einzuschenken. Und es tat ihr gut, endlich wieder mit ihm zusammenzuarbeiten. Ihre Gedanken drehten sich und nahmen Fahrt auf.

»Zusammenfassend heißt das: Der Typ, den du gesehen hast, hat in der Nacht den Mord beobachtet. Er kennt den Mörder.«

Moritz nickte.

Olivia fuhr fort: »Am nächsten Morgen ist er nochmal in den Luisenpark gegangen und hat beobachtet, was sich dort tut. Schließlich hat er die Stelle, an der der Mord passiert ist, mit einem Symbol markiert, das er – woher auch immer – kennt, einem Pentagramm.«
»Genau. Vielleicht hat er mitbekommen, dass die Polizei einen Verdächtigen verhaftet hatte und wollte dir nun damit sagen, dass dies der falsche Verdächtige ist.«
Olivia grübelte eine Weile.
»Also was wissen wir?«
»Er hat ein Heavy-Metal-T-Shirt. Er benutzt Spraydosen ...«, überlegte Moritz. Dann fiel ihm etwas ein: »Und er humpelte, aber da bin ich mir nicht so sicher. Vielleicht hatte er einen Unfall?«
»Bleibt eigentlich nur die Frage, ob wir zuerst alle Orthopäden nach ihm abklappern oder nach einem Laden suchen, der Spraydosen verkauft.«
»Sprayer. So heißt ein Laden in Neckarau.«
»Es gibt in Mannheim sicher noch andere, oder?«
»Ja, aber das ist der Laden. Dort würde ich beginnen.«
»Okay. Dann ist das ja bereits entschieden.«

***

Die letzten Tage waren sehr anstrengend für ihn gewesen. Ständig hatte jemand seine Routinen durch-

brochen. Sein Handeln hatte Kraft gekostet, was ihn zusätzlich aus der Bahn geworfen hatte.
Heute sollte endlich ein Tag werden, den er nach seinem normalen Plan gestalten konnte. Nach dem Frühstück hieß das vor allem erst einmal zwei Stunden Musik. Er lief zu seinem Regal, in dem er seine Partituren nach Kaufdatum chronologisch angeordnet hatte. Ohne lange zu überlegen, wusste er genau, an welcher Stelle sich befand, wonach er suchte. Ein Außenstehender hätte gedacht, dass Benjamin wahllos in die Mitte griff. Doch er zog zielsicher die Partitur von Antonín Dvoráks Sinfonie »Aus der Neuen Welt« hervor. Eigentlich brauchte er keine Partituren. Er kannte die meisten Stücke auswendig. Aber er sah sie sich gerne an, wenn er sich die Musik in seinem inneren Ohr herbeirief.
Dann setzte er sich in seinen Ohrensessel, legte die Füße auf eine Fußstütze, die rechtwinklig zum Sessel stand und schlug die Partitur auf. Sofort erklangen die Töne der Sinfonie in seinen Ohren, als würde er vor einem ausgewachsenen Orchester sitzen. Er zog erleichtert die Augenbrauen hoch und genoss den Moment. Nun konnte er all das Ungewöhnliche der letzten Tage vergessen! Und er war sich sicher, dass seine Botschaft die richtige Person erreicht haben würde. Die Frau, die er beobachtet hatte, und die ihm wichtig genug erschien. Er war aus der Nummer raus.
Wenn Benjamin Musik hörte, nahm er kaum andere Geräusche war. Das war für die Menschen in seiner Umgebung immer sehr schwierig gewesen. Sie

konnten nicht hören, was er hörte und verstanden ihn deshalb nicht. Wenn sie auf ihn einredeten, dann konnte wiederum Benjamin sie nicht verstehen, weil er sich voll und ganz auf die Musik konzentrierte. So war es ihm häufig ergangen. Deshalb war er froh, nun endlich allein in einer Wohnung leben zu dürfen. Das hatte er sich über die Jahre schwer erkämpft. Er musste erst beweisen, dass er dazu fähig war.
Benjamin konnte daher nicht hören, dass jemand klingelte, als für ihn gerade der vierte Satz begann. Im Gegenteil steigerte er sich voll und ganz in die Dynamik des vierten Satzes hinein. Er konnte regelrecht fühlen, dass dieses Stück zu den Höhepunkten der Schaffenskunst von Antonín Dvorák galt. Auch als der vierte Satz leiser wurde, nahm er weder das zweite Klingeln an seiner Haustür wahr, noch das Klingeln in der Nachbarswohnung.

Benjamin ahnte nicht, dass der junge Mann auf dem Weg zu ihm war. Am frühen Vormittag hatte er endlich Benjamins Adresse herausgefunden und war zu ihm gefahren. Eine Weile war er vor dem Haus gestanden und hatte gesehen, dass Benjamin in seiner Wohnung war. Es konnte also losgehen!
Der Mann war sich sicher, dass von Benjamin keine körperliche Gefahr ausging, weshalb er direkt bei ihm geklingelt hatte. Als er nicht öffnete, entschied sich der Mann bei den Nachbarn zu klingeln und vorzutäuschen, dass er von der Post sei. Er wartete eine Weile und ging dann langsam die Treppen in den ersten Stock hinauf.

Vor der Wohnungstür lauschte er eine Weile, konnte aber nichts hören. Für einen kurzen Moment zweifelte er, ob er ihn wirklich am Fenster gesehen hatte. Dann entschloss er sich in die Wohnung einzusteigen, ganz gleich, ob Benjamin in der Wohnung war oder nicht. Sollte er ihn nicht antreffen, würde er auf dessen Rückkehr warten. Er musste lediglich bei seiner Arbeit anrufen und vortäuschen, dass er dienstlich unterwegs sei.

Die Wohnungstür konnte er schließlich mit zwei, drei geschickten Handgriffen und dem notwendigen Werkzeug aufbrechen. Er blickte sich um; niemand hatte ihn gesehen. Dann öffnete er die Tür und gelangte in den Flur. Schon hundert Mal hatte er Eingangstüren auf diese Weise geöffnet. Auch heute klappte es reibungslos.

Vorsichtig hatte er die Tür hinter sich zugezogen. Allerdings verursachte das Schloss ein kleines, dumpfes Geräusch. Er zuckte zusammen. Hatte er sich verraten? Schnell griff er nach dem Knüppel in seiner Tasche. Schritt für Schritt schlich er auf die Wohnzimmertür zu.

Benjamin hatte all das nicht wahrgenommen. Er saß weiterhin in seinem Sessel, hatte die Füße hochgelegt und der Tür den Rücken zugewandt. Was auch immer in der Welt um ihn herum geschah, interessierte ihn nicht. Seine Aufmerksamkeit galt einzig der Musik.

Als der vierte Satz zu Ende war, schlug Benjamin die Partitur zu. Er erhob sich, um sie wieder zurück ins

Regal zu stellen. Ihm war ein wenig nach Schubert. Das wollte er als nächstes hören.
Langsam drehte er sich zur Tür um und erschrak. Vor ihm stand der Mann aus dem Luisenpark! Wie um alles in der Welt war er in seine Wohnung gekommen.
Benjamin blieb eine Weile regungslos stehen. Dann stellte er die Partitur zurück und versuchte den Eindringling zu ignorieren. Doch der Mann war gekommen, um ihn zu holen.

***

»Wir brauchen dringend ein Auto, Prinzessin. Das mit den öffentlichen Verkehrsmitteln ist nicht so mein Ding«, raunte Moritz seiner Partnerin in der vollgestopften S-Bahn nach Neckarau zu.
Olivia nickte. Sie hatte sich gestern von ihrem Dienstwagen getrennt und ihn in der Tiefgarage des Polizeipräsidiums stehen gelassen. Ab heute waren Straßenbahn und Bus angesagt. Beide waren froh, als sie die Haltestelle Isarweg erreicht hatten und aussteigen mussten.
Von dort ging es weiter in ein mittelständisches Industriegebiet, das so auch in einer US-amerikanischen Vorstadt zu finden war. Neben einem Harley-Davidson-Laden reihten sich Büros und Häuser kleinerer Betriebe, Elektro- und Technikhersteller sowie Supermärkte nebeneinander.

Schließlich standen sie vor dem »Sprayers« und betraten das Ladengeschäft.
Das Erste, was Olivia auffiel, war ein leichter Gummigeruch in der Luft, der wahrscheinlich von den ganzen Artikeln kam, die hier verkauft wurden: Skateboardzubehör, Spraydosen, bestimmte amerikanische Kleidungsmarken und seltene Turnschuhe. An der linken Seite waren zudem mehrere Reihen mit Musik-CDs aufgestellt.
»Hier hab ich früher immer meine Heavy Metal- und Skatepunk-CDs gekauft«, erklärte Moritz.
Olivia zog eine Augenbraue nach oben und blickte ihren Kollegen streng an.
»Skatepunk?! Doch so modern?«
Moritz war lange nicht mehr hier gewesen, aber er kannte das »Sprayers«, weil dort vor langer Zeit ein Freund gearbeitet hatte. Insgeheim hoffte er, dass dieser Freund ausgerechnet heute hinter der Theke stand. Doch als sie den Laden betraten, wurde Moritz enttäuscht. Hinter der Theke stand nicht etwa sein alter Kumpel Felix, sondern eine junge sportliche Frau mit feuerroten Haaren.
Moritz drängte sich an Olivia vorbei, nach vorn an die Theke.
»Arbeitet hier ein Felix Lindner?«
Die Frau schüttelte kurz den Kopf, dann wanderte ihr Blick an Moritz vorbei und fiel auf seine Begleiterin.
»Hallo, Olivia! Was machst du denn hier!«
»Lisa! Ach das ist der Laden, in dem du arbeitest! Hi!«, begrüßte Olivia ihre Bekannte.
Moritz blickte beide mit großen Augen an.

»Moment ... Normalerweise bin ich es doch, der die Mannheimer kennt, weil du doch gerade erst ...«
»Weil ich gerade erst zugezogen bin? Ich bin doch schon seit einem Jahr hier!«, ergänzte Olivia.
»Ja und seit elf Monaten trainieren wir zusammen im gleichen Fitnessclub«, ergänzte Lisa.
»Meine Tage scheinen gezählt ...«, stellte Moritz fest.
»Das ist mein Kollege Moritz Martin, Kriminal...«, Olivia schluckte den Rest des Satzes herunter und fing noch einmal von vorne an: »Das ist Moritz, ein Freund von mir.«
Lisa lächelte ihn an.
»Hallo, Lisa Kutschbach.«
»Lisa«, begann Olivia, »Du weißt doch, was ich beruflich mache?«
Sie nickte.
»Also das hier sind gewissermaßen private Ermittlungen. Wir brauchen eine Auskunft von dir.«
»Jederzeit, wenn ich dir irgendwie helfen kann.«
Olivia erklärte nun, wen sie suchten. Doch Lisa konnte leider nichts dazu beisteuern.
Moritz schaute sich in der Zwischenzeit bei den Spraydosen um, die im hinteren Ladenteil aufgestellt waren. Er war erstaunt, wie teuer eine Spraydose war. Als er sich den Laden genauer ansah, fiel ihm eine Überwachungskamera auf, die die Abteilung mit den Dosen und Skateboards überwachte. Er ging zurück zur Theke.
»Habt ihr die Aufzeichnungen der letzten Woche der Überwachungskamera?«, fragte er Lisa.

»Ich glaube, die Aufzeichnungen werden immer nach vier Tagen gelöscht.«
»Kein Problem. Wenn meine Vermutung stimmt, könnte der Gesuchte die Dose gestern Morgen gekauft haben.«
Lisa informierte eine Mitarbeiterin und bat Olivia und Moritz in ein Nebenzimmer, wo mehrere Computer standen. Dort konnten beide in Ruhe die Aufnahmen des Vortages durchsehen.
Ungeduldig klickte sich Moritz durch die Videodatei.
»Hey, wir müssen das sorgfältig durchschauen!«, versuchte ihn Olivia zu beruhigen.
»Wir wissen noch nicht einmal, ob er sein Spray hier gekauft hat. Das vermute ich bloß. Und ich vermute, dass er es direkt gekauft hat, bevor er zu dir ging. Insofern hoffe ich auf einen Glückstreffer am Nachmittag!«
Er klickte noch dreimal das Video nach vorne, das immer erneut zum Stocken kam und die Videodatei nachladen musste.
Dann hatte Moritz seinen Glückstreffer.
»Das ist er!«, brüllte er vor Freude so laut, dass Lisa von draußen einen Blick ins Nebenzimmer warf.
»Alles klar?«
»Wir haben ihn, Lisa.«
Neugierig blickte Lisa den beiden über die Schulter.
»Komischer Typ ...«
»Wer hat ihn abkassiert?«, fragte Moritz.
Lisa sah etwas genauer hin.
»Das muss Nadine gewesen sein. Moment, ich hol sie.«

Lisa rannte in den Verkaufsraum und bat Nadine ins Nebenzimmer. Ihre Kollegin erinnerte sich sofort an den merkwürdigen Käufer der Spraydose.
»Der kam gestern ganz hektisch hier rein, lief direkt auf die Spraydosen zu, hat eine rausgepickt und dann bezahlt. Mir kam er unglaublich abwesend vor. Ich glaube, weil er nicht gesprochen hat. Naja, vielleicht ist er stumm.«
Olivia und Moritz wechselten kurz einen Blick. Sie wussten, dass sich damit ihr Verdacht auf einen Autisten erhärtet hatte.
»Wissen Sie, wie er heißt?«, fragte Olivia.
Nadine überlegte.
»Keine Ahnung. Aber ich hab ihn hier nicht zum ersten Mal gesehen. Meist kauft er irgendwelche CDs von relativ unbekannten Bands. Wenn ich mich richtig erinnere, hat er letzte Woche ein Bootleg aus England bestellt.«
Sie lief schnell zurück hinter die Theke im Verkaufsraum und klickte sich am dortigen Computer durch einige Dateien. Dann notierte sie etwas und kam zurück.
»Er heißt Benjamin Starke«, berichtete Anke und hielt Olivia und Moritz den Zettel hin.
Olivia zückte sofort ihr Handy. Reflexartig wollte sie die Kollegen bitten, die Adresse herauszufinden. Doch Moritz konnte sie gerade noch davon abhalten.
»Prinzessin, du bist im Urlaub. Außerdem: Wenn die mitkriegen, dass wir weiter ermitteln, sind wir dran.«
Olivia sah das ein und senkte ihr Handy.

»Vielleicht steht er im Telefonbuch«, schlug Moritz vor.
Olivia zückte ihr Smartphone, als Nadine sie unterbrach und ihr einen Zettel unter die Nase hielt.
»Hier, das ist seine Bestelladresse in der Neckarstadt.«

***

Wieder waren sie in der Straßenbahn, die Moritz nun nicht schnell genug vorankam. Sie mussten in die Neckarstadt in die Wohnung von Benjamin Starke. Von Neckarau aus bedeutete das, einmal quer durch die Stadt zu fahren.
»Wenn wir länger Detektive bleiben wollen, ist ein eigener Dienstwagen fällig«, maulte Moritz.
»Solange du nicht fährst ...«, gab Olivia zu bedenken.
Schließlich kamen sie in der Neckarstadt, ganz in der Nähe von Moritz' Wohnung, an Benjamin Starkes Adresse an.
»So ein Ärger, ich such ihn seit Tagen in der ganzen Stadt – und dann wohnt der keine fünf Straßen weit von mir entfernt«, fluchte Moritz, als sie vor dem Haus standen und klingelten.
Benjamin öffnete nicht.
Moritz drückte eine der anderen Klingeln.
»Ja, bitte?«, fragte eine Stimme durch die Sprechanlage.
»Post, bitte lassen Sie mich rein.«

»Die Post war heute schon da«, antwortete die Stimme oberschlau.
»Kripo Mannheim«, fiel Olivia Moritz schulterzuckend ins Wort.
»Was jetzt: Kripo oder Post? Seid ihr total durch?«
»Kripo. Bitte öffnen Sie die Tür.«
Nach einer Weile hörten sie einen Summer.
Sie betraten das Haus und wurden gleich im ersten Stock von der Dame empfangen, mit der sie über die Sprechanlage gesprochen hatten.
»Zeige Sie mir mol Ihren Ausweis!«, bellte die Frau sie vorwurfsvoll an.
Olivia war froh, dass sie ihren noch einstecken hatte. Gewohnheitsgemäß war er im Geldbeutel. Danach war die Frau etwas zahmer.
»Zu wem wolle Sie?«
»Zu Herrn Starke.«
»Ojemine!«
»In welchem Stock wohnt er?«
»Hier im Ärschde. Glei newedro.«
Sie zeigte auf die Tür auf der anderen Seite des Treppenhauses. Moritz sprang zur Tür.
»Wadde Sie! Isch hab än Generalschlissel«, sagte die Frau und schloss den beiden auf.
»Nicht nötig. Die Tür ist offen. Sie wurde wahrscheinlich aufgebrochen«, sagte Moritz und deutete auf das Schloss.
Die Frau erschrak, warf ihre Hände vors Gesicht und fluchte irgendetwas auf Kurpfälzisch.
Sie betraten Benjamins Wohnung. Alles war im rechten Winkel angeordnet. Die Schuhe standen wie mit

dem Lineal ausgerichtet nebeneinander. In der Küchenzeile waren selbst Besteck und Töpfe so arrangiert.

Dann kamen Olivia und Moritz ins Wohnzimmer. Hier zeigte sich ein anderes Bild. Ein Wohnzimmersessel war umgekippt. Blätter voller Noten lagen auf dem Teppichboden. Die Fransen des Teppichs waren auf der einen Seite akkurat gekämmt, auf der anderen Seite aber wild durcheinander.

»Hier war jemand«, hielt Olivia fest.

»Dieser jemand war schneller als wir. Verdammt.«

»Wer soll hier gwesst soi?«

Olivia hielt der Dame noch einmal ihre Plakette unter die Nase.

»Bitte verlassen Sie jetzt die Wohnung. Hier ist Polizeiarbeit gefragt!«, forderte sie die Dame auf.

Als diese nicht sofort reagierte, baute sich Moritz vor ihr auf. Das reichte.

»Isch geh dann mol widda«, verabschiedete sie sich und verschwand aus der Wohnungstür.

Olivia und Moritz sahen sich ein wenig um.

»Wir dürften nicht hier sein, Moritz«, äußerte Olivia ihre Zweifel am gemeinsamen Vorgehen.

»Ich weiß, Prinzessin, aber das ist der einzige Weg. Du bist beurlaubt, ich bin krankgeschrieben. Was soll's!«

»Melden wir das Klose?«, fragte Olivia unsicher.

»Erstmal nicht.«

»Du meinst: Besser nicht«, zwinkerte Olivia ihrem Kollegen zu.

»Genau.«

Wirklich alles in dieser Wohnung war genau ausgerichtet. Alles lag im rechten Winkel nebeneinander. Kleider, Schuhe, Geschirr, Partituren – alles war sortiert. Die wenigen Bücher, die Benjamin Starke besaß, waren zudem nach Farben geordnet.
»Was suchen wir eigentlich, Olivia?«
»Ich weiß es nicht. Irgendeinen Hinweis? Irgendetwas muss er doch hier haben!«
Olivia machte einen großen Bogen um die Partitur, die auf dem Boden herumlag. Den Sessel wollte sie nicht aufstellen. Am besten war es, wenn sie keine Spuren hinterließen. Dann fiel ihr Blick auf einen weiteren Teil der Partitur, der unter dem Sofa hervorschaute. Sie bückte sich und zog sie zur Seite. Unter der Partitur war ein kleines Kästchen aus Holz. Es stand genau in der Mitte des Sofas. Neugierig holte sie es hervor.
»Moritz?!«, rief sie ihren Kollegen herbei. Dann öffnete sie das Kästchen.
»Das ist so etwas wie ein Schrein«, flüsterte sie.
In dem Kästchen befanden sich mehrere handgeschriebene Zettel, ein vierblättriges Kleeblatt, ein Notenschlüssel aus Plastik – und ein Handy.
»Ist das sein Handy?«, fragte sich Moritz.
Olivia holte das Handy aus dem Kästchen.
»Keine Ahnung.«
Sie schaute es sich genauer an.
»Es ist nicht gesperrt und der Akku ist noch voll.«
Sie klickte sich durch die verzeichneten Kontakte.
»Es ist das Handy des Toten.«
»Sicher?«

***

Wenig später waren sie zu Fuß zurück aus der Neckarstadt in die Quadrate unterwegs. Sie waren zwischen den Hochhäusern der Neckarpromenade hindurchgegangen und befanden sich nun auf dem Collinisteg, einer kleinen Fußgängerbrücke über den Neckar. Der Wind wehte heute gewaltig durch die Stadt. Nach Sonnenschein und Regen hatte sich der April heute in ein herbstliches Gewand gehüllt. Olivia setzte die Kapuze ihres blauen Kapuzenpullis auf. Moritz hatte seine Hände in den Taschen seiner Lederjacke vergraben und zog die beiden offenen Seiten so vor seinem Körper schützend zusammen.

»Wir müssen es den Kollegen melden. Benjamin Starke ist in Gefahr!«, begann Olivia, als sie mitten auf der Brücke standen. Sie lehnte sich an das Geländer und blickte in Richtung Hafen, zur Neckarmündung in den Rhein.

»Wenn, dann kommt nur Fatih in Frage. Und wenn wir es ihm melden, muss er es weitergeben. Starke wurde wahrscheinlich entführt, aber nicht getötet, sonst hätten wir seine Leiche gefunden. Wir haben also etwas Zeit.«

»Wenn du das so sagst, Pirat.« Olivia betonte das letzte Wort besonders.

»Hey, wo kommt das her?«

»Nachdem du mir einen Spitznamen gegeben hast, dachte ich, dass es langsam an der Zeit wäre mich zu revanchieren.«

Er stellte sich neben Olivia und schaute ebenfalls in Richtung Hafen.
»Pirat ...«, sagte er langsam vor sich her, »das gefällt mir!«
Sie gingen weiter durch die Quadrate bis in die Schwetzinger Vorstadt zu Olivias Wohnung.
Während Moritz im Zimmer auf und ab ging und nachdachte, beschäftigte sich Olivia mit dem Handy. Sie sicherte die Daten und ging die Kontakte durch. Keiner der Namen sagte ihr etwas. Dann las sie die SMS. Ihr wurde klar, dass es sich wirklich um das Handy von Bernhard Modrow handelte. Doch dann wurde sie stutzig. Das Telefon war auf den Namen Helmuth Marker ausgestellt. War dies eine weitere Identität Modrows?
Sie zeigte Moritz das Display.
»Schulte, Modrow, Marker ... Was auch immer. Ich vermute mal, dass du Recht hast. Wir sollten später alle drei Namen untersuchen.«
Olivia sichtete die SMS-Nachrichten der letzten Tage. Modrow hatte eine Nachricht mit dem Inhalt bekommen, dass der Mordauftrag angenommen ist. Ihr Blut gefror in ihren Adern. Die SMS war fünf Tage alt. Ging es bei dem Mordauftrag um sie? Schnell suchte sie nach anderen Nachrichten der gleichen Nummer, die unter »T.F.« gespeichert war. Doch vergebens.
Alles was sie hatte, war die Handynummer eines Menschen, der sie töten wollte.
»Wer könnte noch ein Motiv haben?«, fragte Moritz in die Stille und riss Olivia aus ihren düsteren Gedanken.

»Modrow war ein Killer. Im Prinzip könnten viele Menschen an ihm Rache genommen haben.«
»Genau, Prinzessin. Wir müssen seinen Hintergrund durchforsten. Vielleicht finden wir eine Verbindung zwischen einem Mord und einer Person aus Mannheim, oder irgend so etwas.«
Olivia ging ins Nebenzimmer, kramte in einer Kiste und holte eine externe Festplatte, die sie an ihren Computer anschloss.
»Ich habe alle Daten über ihn. Aus meiner Zeit in Berlin.«
»Gut.«
Die nächsten zwanzig Minuten verbrachten sie damit, Modrows Stasimorde durchzugehen. Sich die Einträge zu merken und auf Auffälligkeiten zu prüfen. Moritz war entsetzt. Was er da sah, übertraf seine kühnsten Erwartungen.
»Er hat mehr als zwölf Menschen auf dem Gewissen. Unglaublich. Das war kein Mensch, sondern eine Tötungsmaschine!«
»Das ist das, was über ihn bekannt ist. Wie viele Menschen er wirklich getötet hat – ob im Auftrag der Stasi oder nicht – ist unbekannt.«
»Ironisch, dass auch er getötet wurde.«
»Ironisch, aber nicht ungewöhnlich.«
Sie fanden einige Parallelen zwischen den Morden. Aber es gab keinen Hinweis auf irgendetwas, das mit dem Mordfall im Luisenpark zu tun hatte.
»Gib mal in deine Datenbank Arndt Schulte ein!«, forderte sie Moritz auf, nachdem sie nicht weiterkamen.
»Oder Helmuth Marker ...«, sagte Olivia.

Unter dem Namen Helmuth Marker fand Olivia in der Datenbank der Stasimorde einen interessanten Eintrag, an dem sie hängen blieb. Der Eintrag, der erst Jahre später verfasst worden war, befasste sich mit dem 9. November 1989, dem Tag des Mauerfalls. Sie las Moritz laut vor.

»Datum: 11. November 1989. Die Nacht des Mauerfalls. IMB Falke ...«

»Was ist IMB Falke?«, fragte Moritz.

»IM heißt informeller Mitarbeiter. Das B steht meines Erachtens für besondere Aufgaben. Falke war der Tarnname.«

»Ach so ...«

Olivia las weiter.

»IMB Falke, DDR-Bürger, der wahrscheinlich Helmuth Marker heißt. Im Trubel des Mauerfalls ging IMB Falke gegen 23:30 Uhr mit Frank Meis, den er monatelang in Ostberlin beschattete und dessen Vertrauen er gewinnen konnte, über den Grenzübergang Invalidenstraße nach Westberlin. IMB Falke kehrte um 2:30 Uhr ebenfalls durch die Invalidenstraße wieder zurück. Von Frank Meis fehlt seither jede Spur.«

»Der hat ihn in der Nacht des Mauerfalls umgebracht?«, empörte sich Moritz. »Was für ein Drecksack!«

Olivia sah ihren Kollegen an, als wollte sie ihm durch diesen Blick zu verstehen geben, mit welchen Mächten sie es zu tun hatten.

»Ich les weiter. Pass auf. Von Frank Meis fehlt seither jede Spur. Die DDR-Behörden verzeichneten, dass er in den Westen geflüchtet sei. Entsprechend wurden seine Frau Marlies und seine Tochter Anke informiert ...«

Olivia wurde nachdenklich.

»Das ist ein starkes Stück!«

Moritz regte sich zusehends auf, dann bemerkte er Olivias Nachdenklichkeit.

»Was ist, Livi?«

»Ich bin mir nicht sicher, aber ich glaube, ich habe vor wenigen Tagen eine Anke Meis hier in Mannheim getroffen ...«

»Echt?! Wo?«

»In dem Hotel, in dem Bernhard Modrow abgestiegen war. Hotel Astoria.«

»Olivia, das ist es! Das ist die heiße Spur, die wir die ganze Zeit gesucht haben! Wir müssen sofort zu ihr.«

»Wenn sie herausgefunden hat, dass Modrow der Mörder ihres Vaters ist, dann hat sie ein eindeutiges Tatmotiv – vorausgesetzt, es handelt sich um die richtige Anke Meis.«

»Glaubst du an einen Zufall, Prinzessin? Ich nicht.«

Er wählte eine Telefonnummer.

»Was machst du, Moritz?«

»Ich ruf meine Schwester an. Wir brauchen ein Auto. Ich kann nicht noch einmal durch die ganze Stadt laufen.«

Olivia hatte im Eifer des Gefechts ganz vergessen, dass Moritz noch immer nicht wirklich gesund war.

»Ok. Aber dann schnappen wir uns diese Hotelangestellte.«

***

Wenig später stand Ronjas Auto vor dem Hotel Astoria im Parkverbot. Die beiden waren ins Hotel geeilt und standen nun in der Lobby.

»Ist sie das?«, flüsterte Moritz Olivia schnell zu, als sie auf den Tresen zugingen.

Olivia schüttelte den Kopf.

»Nein. Sie ist sportlich, etwas kleiner als diese und blond.«

Moritz nickte.

»Hallo! Kriminalpolizei Mannheim. Ich war neulich schon einmal hier. Wir suchen Anke Meis. Ist sie heute im Haus?«

Die Frau hinter dem Tresen erschrak.

»Warum? Was ist? Ich dachte, sie hätten den Mörder und alles wäre gut!«

Moritz schaltete sich ein.

»Frau äh ...«, er schielte auf ihr Namenschild, konnte aber nichts entziffern. Dann fuhr er fort: »Wir dürfen zu laufenden Ermittlungen nichts sagen. Also, befindet sich Anke Meis hier im Haus?«

Die Frau nickte langsam und schaute etwas am Computer nach. Ob dies mit Anke Meis zu tun hatte, erschloss sich Moritz und Olivia nicht.

»Sie ist im obersten Stockwerk bei den Servicekräften«, gab sie schließlich Bescheid.

»Danke!«

Olivia und Moritz nahmen den engen, etwas klapprigen Fahrstuhl und fuhren in den fünften Stock hinauf.

Vor ihnen erstreckte sich ein langer Gang mit hellen Tapeten und einem merkwürdigen Teppichfußboden. Wahrscheinlich war dieser besonders pflegeleicht, dachte sich Olivia, auch wenn er nicht sonderlich hübsch aussah. In diesem Stockwerk war gerade die Putzkolonne dabei, die letzten Zimmer wieder auf Vordermann zu bringen.
Die beiden spähten in mehrere offene Zimmer hinein. Von Anke Meis gab es keine Spur. Als sie fast am Ende des Gangs angekommen waren, betraten sie das letzte, sich auf der linken Seite befindende, Zimmer.
»Kommen Sie nicht näher oder ich springe«, schrie Anke Meis.
Die beiden waren auf die Situation nicht vorbereitet und blickten erstaunt auf die junge Frau, die auf dem Fenstersims des offenen Fensters stand und drohte hinunterzuspringen. Gerade suchte wieder ein starker Wind die Quadrate Mannheims heim und wehte durch Ankes lange blonde Haare. Wie eine Furie sah sie aus. Olivia war überzeugt, dass sie ihre Drohung ernst meinte. Sie hatte jedoch keine Ahnung, warum Anke Meis vor ihnen Angst hatte. Unmöglich konnte sie gewarnt worden sein. Von wem auch? Von ihr oder Moritz? Auf keinen Fall. Sie verhielt sich jedoch, als wüsste sie, dass die beiden ihr auf die Schliche gekommen waren.
»Warten Sie!«, hörte Olivia Moritz rufen. Er machte vorsichtig einen Schritt auf Anke zu.
»Bleiben Sie, wo Sie jetzt sind, oder ich springe!«
»Wir wollen nur mit Ihnen sprechen. Wir tun Ihnen nichts!«, begann Olivia.

»Sie sind noch nicht einmal mehr bei der Polizei!«, entgegnete Anke.
Olivia war erneut überrascht. Woher wusste sie das? Ihr blieb nur eine Wahl.
»Das stimmt«, gab sie zu, »wir sind in privater Angelegenheit hier.«
Nun war Moritz überrascht und schaute Olivia fragend von der Seite an. Doch bevor er etwas sagen konnte, fuhr Olivia fort.
»Wir wissen, was der Tote vom Luisenpark Ihnen angetan hat. Er hat Ihren Vater ermordet.«
»Dann stimmt es also doch«, sagte Anke leise vor sich hin.
Olivia wurde hellhörig. Offensichtlich wusste Anke Meis nicht alles über den Mord in der Nacht des Mauerfalls. Das war ihre Chance.
»Ich kann Ihnen mehr darüber erzählen, wenn Sie möchten.«
Olivias und Ankes Blicke trafen sich für einige Sekunden.
»Wenn Sie kooperieren, werden Sie sicherlich nur eine geringe Strafe erhalten«, schaltete sich nun auch Moritz ein. »Kommen Sie und schließen Sie das Fenster.«
Anke reagierte nicht.
»Sie haben die Wahl. Der Mann, der nun tot ist, wollte mich töten. Er war ein Killer«, sprach Olivia ruhig und sanft, auch wenn der Inhalt ihrer Worte alles andere als beruhigend war.
»Werfen Sie ihr Leben nicht weg«, argumentierte Olivia weiter, »bitte!«

Anke blickte Olivia eine Weile an. Dann drehte sie sich den beiden zu und tat einen Schritt zurück ins Zimmer. Dort sackte sie zusammen und streckte sich auf dem Boden aus.
Sofort sprangen Olivia und Moritz an ihre Seite und kümmerten sich um sie.
Mit großen Augen starrte Anke Olivia an und sagte: »Ich habe ihn nicht getötet. Ich wollte nur wissen, was er mit Papa gemacht hat.«
Dann begann sie zu erzählen.

***

Am Abend des 9. November 1989 saß die siebenjährige Anke Meis in ihrem Kinderzimmer und spielte mit ihren Puppen. Anke wurde in Ostberlin geboren, ging dort in den Kindergarten und nun auf die Reinhold-Huhn-Schule in der Nähe der Mauer. Ihre Familie wohnte in der Leipziger Straße, ebenfalls nahe der Mauer. Morgens hatte sie den Pionierappell daher immer am antifaschistischen Schutzwall. Doch mit ihren sieben Jahren fragte sie sich, ob die Faschisten auf der anderen Seite wirklich rüber in den Osten kommen würden, wenn diese Mauer nicht wäre. Vielmehr schien es ihr so zu sein, dass die Menschen ihrer Umgebung immer wieder darüber sprachen, dass es jenseits dieser Mauer paradiesisch sein musste. Sie selbst hatte jedoch keinerlei Gedanken und Vorstellungen, wie es jenseits dieser Mauer

aussah. Auch wollte sie nicht dorthin flüchten, denn hier in der Leipziger Straße und in der Reinhold-Huhn-Schule hatte sie ihre Freunde. Selbst wenn es bessere Plätze auf dieser Welt geben konnte, war hier in Berlin Mitte, an der Mauer, der beste Platz für sie. Das war ihre gewohnte Umgebung.
Mit ihrer Mutter, einer Krankenschwester, und ihrem Vater, einem Berliner Busfahrer, lebte sie in einer einfachen Dreizimmerwohnung in einer Platte im zwölften Stock. Es gab einige Bewohner ihres Hauses, die auf der anderen Seite des Gangs wohnten und einen Balkon mit Blick nach Westen hatten. Sie waren in irgendeiner Weise privilegiert. Unter der Hand tuschelten manche über sie und über die Besonderheit eines Westbalkons. Doch Anke interessierte der Blick nach Westen nicht. Sie kannte niemanden auf der anderen Seite der Mauer und sie glaubte auch nicht, dass das Leben dort besser war.
Am Abend gegen 18 Uhr war ein Mann zu ihrem Vater gekommen. Er stellte sich ihr als ein »Onkel« vor. Noch nie hatte sie von ihm gehört. Er war weder der Bruder ihres Vaters, noch der ihrer Mutter, die an diesem Tag Nachtschicht im Krankenhaus hatte.
»Bist ja jar nisch mein Onkel«, hatte sie ihm entgegnet und war sofort verschämt auf ihr Zimmer gerannt. Mit einem letzten Blick konnte sie sehen, wie der Mann laut lachte und dabei ihren Vater ansah. Dieser lachte zunächst nicht. Doch als das Lachen des unbekannten Onkels lauter wurde, mühte er sich ein Lächeln ab. Das machte den Fremden für Anke nur noch unheimlicher.

In ihrem Zimmer flüchtete sich Anke in ihre Fantasiewelt. Sie schlüpfte in die Rolle von Steffi, der DDR-Barbiepuppe, zog ihr den blau-weiß karierten Overall aus und dafür ein schickes Abendkleid an, mit dem sie tanzen gehen würden.
So verbrachte Steffi die nächste Zeit, bis sie von Rufen aus dem Wohnzimmer in die Realität zurückgeholt wurde. Da ihr Vater nie schrie und es in ihrer Wohnung nie laut wurde, beschloss sie, vorsichtig aus ihrem Zimmer auf den Gang zu schleichen und in das Wohnzimmer hineinzuspähen, um zu sehen, was denn dort vorgefallen war.
Der Fremde und ihr Vater schauten eine Sendung des DDR-Fernsehens; wahrscheinlich war es die »Aktuelle Kamera«, die ihr Vater häufig am frühen Abend sah. Ein Mann saß an einem langen, langen Schreibtisch, der rechts und links aus dem Bild lief, und der vor einem olivgrünbraunen Vorhang aufgestellt war.
Rechts und links neben ihm saßen andere Männer. Meist waren sie älter und grauhaarig. Im Raum befanden sich zudem viele Reporter, Journalisten und Kameraleute, die das filmten, was der Mann in der Mitte sagte.
Er musste wirklich, wirklich wichtig sein, denn auch ihr Vater hing an seinen Lippen.
Dann nahm der Mann im Fernsehen schließlich einen Zettel in die Hand und las vor: »Wir haben uns entschlossen, heute eine Regelung zu treffen, die es jedem Bürger der DDR möglich macht, über Grenzübergangspunkte der DDR auszureisen.«

Dann las er noch weiter, doch Anke konnte ihn nicht mehr verstehen, denn ihr Vater und der Fremde gerieten in eine heftige Diskussion.
Von der Seite blickte sie ihren Vater an. Und diesmal lächelte er mehr als vorhin, als der Fremde über sie gelacht hatte. Dann waren beide plötzlich still. Ihr Blick richtete sich wieder auf die »Aktuelle Kamera« und auch Anke schaute genau hin.
Ein Mann aus den Reihen der Kameraleute und Journalisten hatte den Mann mit dem Zettel etwas gefragt. Dieser war nun etwas verwirrt und sichtlich nervös. Dann antwortete er, dass diese Regel ab sofort, unverzüglich, gelte. Wieder brach eine heftige Diskussion zwischen ihrem Vater und dem Fremden aus. Schließlich stand der Fremde auf und erhob sein Glas.
»Du und icke, wir jehn heute noch zum Kurfürstendamm in den Westen!«, brüllte er freudestrahlend.
Ihr Vater, der sich augenscheinlich über die Nachrichten des Mannes aus dem Fernsehen freute, winkte ab.
»Nee, dit is nich jut. Wegen de Kleene.«
»Ach was. Du bringst sie ins Bett. Die schläft bis morjen früh, wenn deine Frau aus der Nachtschicht zurückkommt. Und wir beede, wir laufn kurz übern Ku'damm und sind spätestens um Mitternacht wieder hier. Auf, los!«
Ankes Vater zögerte. Dann trank er einen Schluck aus einem Glas, das er sofort wieder an seinen Platz stellte und blickte gedankenverloren aus dem Fenster.
»Auf!«

Anke fragte sich, warum der Fremde einen so großen Einfluss auf ihren Vater hatte. Das tat ihr leid. Sie wollte nicht, dass ihn etwas bedrückte, dass jemand ihm Befehle erteilte.
Bislang hatte sich Anke hinter der Tür versteckt. Als die beiden Männer aufstanden, um in den Westen zu gehen, rannte sie schnell in ihr Zimmer, legte sich ins Bett und tat so, als würde sie schlafen.
Ihren Vater hatte sie nie wieder gesehen.

***

Mittlerweile saßen die drei nebeneinander auf einem frisch gemachten Bett im Hotel Astoria. Moritz hatte Anke ein Taschentuch gereicht, das sie gerade benutzte.
»Haben Sie irgendwelche Nachforschungen angestellt?«, fragte er vorsichtig.
»Klar haben wir das.« Sie schnäuzte sich. »Als die Stasi am 11. November kam und uns mitgeteilt hat, dass mein Vater in die BRD geflüchtet sei, haben meine Mutter und ich dem Beamten kein Wort geglaubt. Wir haben ihn überall gesucht, bei Verwandten, Freunden. Wir sind später sogar in den Westen gefahren. Nirgendwo gab es eine Spur.«
»Und Modrow? Haben Sie nach ihm gesucht?«
»Natürlich. Ich habe sein Gesicht nie vergessen. Und ich wusste, dass er etwas mit meinem Vater gemacht hatte. Schon damals, am 9. November, hat

mir mein Bauchgefühl gesagt, dass ihm nicht zu trauen ist.«
Sie schnäuzte sich erneut.
»Frau von Sassen, Sie haben mir gesagt, dass Sie mir mehr über diese Nacht erzählen könnten?«
Olivia nickte.
»Ja, ich kann Ihnen mehr erzählen. Bernhard Modrow hat Ihren Vater in der Nacht des Mauerfalls in Westberlin ermordet. Der Fall galt bislang als ungeklärt. Ich habe eine Akte dazu bei mir zu Hause, die ich Ihnen geben werde.«
»Danke. Dann hab ich endlich Gewissheit.«
Sie schnäuzte sich erneut.
»Was werden Sie jetzt mit mir machen?«, fragte Anke danach ängstlich.
»Erzählen Sie uns, was vor drei Tagen im Luisenpark geschehen ist«, bat Olivia vorsichtig.
»Das kann ich nicht.«
»Selbst wenn wir beide gerade nicht im Dienst sind, sind wir von der Kriminalpolizei und können Sie nicht laufen lassen«, erklärte Moritz.
»Außerdem ist Benjamin Starke entführt worden. Wir vermuten, dass er den Mord beobachtet hat. Wahrscheinlich ist auch er in großer Gefahr! Bitte, erzählen Sie uns, was Sie wissen!«, flehte Olivia nahezu.
Anke schluchzte.
»Es war ein Unfall. Ein ganz bescheuerter Unfall ...«, begann sie und schnäuzte sich erneut. »Ich hatte den Mann hier im Hotel erkannt. Nie würde ich sein Gesicht vergessen. Auch nach 25 Jahren kenne ich seine Gesichtszüge noch genau.«

»Und er? Hat er sie auch erkannt?«, fragte Olivia.
»Nein, das glaube ich nicht. Er dachte wahrscheinlich nur, ich sei eine bescheuerte Hotelangestellte, die mit ihm flirten wollte. Aber das hab ich ausgenutzt und mich mit ihm abends im Luisenpark verabredet. Ich wollte aus seinem Mund hören, was er mit meinem Vater gemacht hat.«
»Was ist dann geschehen?«
Anke zögerte eine Weile und legte sich einige Gedanken im Kopf zurecht.
»Mein Freund war mit dabei. Er hat gesehen, wie der Mann ein Messer zückte und auf mich losging. Er kam herbeigeeilt und stieß ihn weg. Der Mann fiel unglücklich auf einen Stein. Er war sofort tot.«
»Dann war es kein Mord, sondern Notwehr! Warum haben Sie das denn nicht gleich der Polizei gemeldet?«
»Mein Freund war dagegen.«
»Wie heißt Ihr Freund?«
Anke schüttelte den Kopf. Den Namen ihres Freundes wollte sie Olivia nicht verraten.
»Ich ... Ich kann nicht«, stammelte sie und vergrub ihr Gesicht in ihren Händen.
»Wir haben keine Zeit«, flüsterte Olivia Moritz zu.
Er verstand.
»Okay. Wir überlassen Sie den Kollegen.«
Olivia reichte Anke ein weiteres Taschentuch.
»Sagen Sie mir nur, wo wir Benjamin Starke finden.«
Lange sagte Anke nichts.
»Ich weiß nichts Genaues. Aber ich glaube, dass er ihn in die Schrebergartensiedlung in Neckarau gebracht hat. Garten A250«, fügte sie hinzu.

»Bitte warten Sie hier auf unsere Kollegen«, bat Moritz sie.
Anke nickte zitternd.

***

Der Fremde hatte wenige Meter hinter Olivia und Moritz geparkt. Ungeduldig wartete er hinter seinem Steuer darauf, dass die beiden wieder aus dem Hotel Astoria herauskämen.
Er war froh, dass sie endlich nicht mehr mit der Straßenbahn, sondern mit einem Auto fuhren. Das vereinfachte seinen Auftrag. So konnte er vor allem Olivia sehr leicht beschatten.
Heute wollte er seinen Auftrag ausführen. Am besten gegen Abend. Aber er konnte es sich nicht heraussuchen. Er musste die Gelegenheit nutzen, sobald sie sich ihm bot. Dennoch wäre ihm heute Abend Recht. Dann würde er morgen den ersten TGV am frühen Vormittag nehmen und wäre bereits um die Mittagszeit wieder in seinem geliebten Paris.
Jetzt musste er aufpassen. Sein Opfer kam gerade aus dem Hotel und setzte sich ins Auto.

***

Olivia setzte sich ans Steuer.

»Du fährst nicht mehr ...«, zwinkerte sie Moritz zu und gab Gas.
»Ich ruf dafür auf dem Polizeipräsidium an.«
»Jetzt ist es allerhöchste Zeit!«
Während Olivia den Wagen in Richtung Neckarau steuerte, sprach Moritz mit den Kollegen im Polizeipräsidium. Tom und Klose waren nicht zu erreichen, den anderen wollte er keine Nachricht hinterlassen. Also wählte er schließlich Fatihs Nummer.
»Üstbas«, meldete sich der Leiter der Kriminaltechnischen Untersuchung an seinem Diensttelefon.
»Fatih, hier ist Moritz«, begann er.
»Moritz? Schön! Aber es passt gerade nicht. Habe etwas auf dem Tisch.«
»Quatsch. Hör zu. Vergiss den Rest. Es muss schnell gehen.«
»In was bist du jetzt wieder geraten?«
»Es ist immer noch derselbe Fall. Nur haben wir den falschen Mörder. Du fährst jetzt mit einer Streife zum Hotel Astoria und holst dort Anke Meis ab. Sie kann bezeugen, dass der Mord durch Notwehr passiert ist. Wenn du das erledigt hast, kommst du mit einem SEK zur Schrebergartensiedlung in Neckarau. Dort müssen wir das Häuschen mit der Nummer A250 filzen. Wahrscheinlich befinden sich dort der Totschläger, der in Notwehr gehandelt hat, und Benjamin Starke, der mir im Luisenpark begegnet ist. Der mit dem Pentagramm. Verstanden?«
»Moritz, wenn ihr privat ermittelt, werdet ihr in ein Schlamassel geraten. Dr. Klose wird das nicht dulden.«

»Ich habe ihn gerade angerufen. Weiß der Geier, wo er steckt. Wir sind im Moment so zu behandeln wie jeder andere Bürger auch, der gerade etwas Verdächtiges gesehen hat. Und wir haben nicht nur was gesehen, wir wissen sogar etwas! Also schick eine Streife ins Hotel und das SEK hierher. Wenn du Klose oder Tom Schiller findest, sag ihnen Bescheid. Wir können eventuell Verstärkung gebrauchen. Mit ein wenig Glück finden wir nicht nur den Entführten, sondern auch den Entführer, den Mann, der den Toten vom Luisenpark auf seinem Gewissen hat.«
In Windeseile fuhren Olivia und Moritz nach Neckarau im Süden von Mannheim. Neckarau war umgeben von Naherholungsräumen wie dem Waldpark, dem Aufeld und besagter Schrebergartensiedlung. Auf der einen Seite grenzte der Rhein, auf der anderen der Schienenstrand an, der durch den Rangierbahnhof führte und schließlich in den Hauptbahnhof mündete.
Von der Stadt aus überquerten sie die Schienen, kamen an der Hochschule vorbei und bogen nach einiger Zeit in die Friedrichstraße ein. Durch das Zentrum Altneckaraus fuhren sie zur Rheingoldstraße und dann immer weiter, am Stollenwörthweiher vorbei bis hin zur Schrebergartensiedlung, die direkt am Waldpark lag.
Am Eingang der Siedlung stellten sie ihren Wagen ab und stiegen aus. Sie betraten das Gelände und merkten nicht, dass neben ihnen ein grüner Corsa parkte. Die Siedlung war von mehreren horizontalen und vertikalen Fußgängerwegen durchzogen. Manchmal

ragten die Büsche bis auf den Weg und gewährten nahezu keinen Blick in den jeweiligen Garten. Andere Grundstücke waren offener angelegt. Ein kleiner Holzzaun mit Tür trennte sie vom Weg und gab den Blick auf ein kleines Häuschen mit Grill und Gartengeräten frei.
Erst jetzt bemerkten sie die kleinen Schilder, die wie Hausnummern funktionierten. C380 ... C382 ... In der Ferne hörten sie einen Rasenmäher, eine Menschenseele konnten sie aber nicht sehen.
»Wir brauchen A250, Moritz!«
Schnell eilten sie zum Ende des Weges, in dem sich nur Grundstücke befanden, die dem Buchstaben C zugeordnet waren. Sie bogen auf einen weiteren Fußweg nach links ab, gingen an der Reihe B vorbei und erreichten schließlich A.
»Wir sollten vorsichtig sein. Der Entführer könnte uns erkennen.«
In geduckter Haltung schlichen sie den Weg entlang. Auch hier waren viele Pflanzen und Büsche noch nicht geschnitten und über die Zäune auf den Weg gewuchert. Das gab ihnen zusätzlich Deckung.
Schließlich gelangten sie an einen alten Jägerzaun aus braunem Holz. Auf ihm prangte ein kleines, kupfernes Schild mit der Gravur A250.
»Hier ist es«, flüsterte Olivia.
Entlang des Zauns reihten sich riesige Fliederbüsche, die gerade zu blühen begannen. Durch einige lichte Stellen im Gebüsch konnten sie auf ein kleines, weiß gestrichenes Häuschen blicken. Die Rollläden waren oben, die Vorhänge jedoch zugezogen. Das Grund-

stück vor dem Häuschen schien ungepflegt, so als ob sich weder im Herbst noch im Frühjahr jemand darum gekümmert hatte.
Olivia griff in ihre Tasche, zog ein Haargummi hervor und band ihre Locken zusammen. Das hatte sie schon hundertfach getan, beinahe instinktiv, kurz bevor es zu einem Einsatz kam. Dann griff sie an ihren Gürtel und wollte ihre Dienstwaffe ziehen. Doch sie tastete ins Leere. Auch dieser Griff war hundertmal getan und ein Automatismus. Doch bevor sie beurlaubt wurde, hatte sie ihre Waffe abgeben müssen. »Verdammt. Es wird auch ohne gehen müssen«, sagte sie sich.
In diesem Moment öffnete sich die Tür des Hauses. Ein Mann trat heraus und lief den kleinen Gartenweg direkt auf sie zu – zum Ausgang. Olivia beugte sich schnell nach unten, doch das Gesicht des Mannes konnte sie nicht erkennen.
Hektisch richteten sich Olivia und Moritz auf. Sie wechselten einen Blick und stellten sich hinter dem Flieder rechts und links von der Tür des Jägerzauns auf. Den Mann wollten sie sich schnappen.
Er bückte sich nach unten, um die niedrige Gartentür zu öffnen. In diesem Moment schlugen Moritz und Olivia zu. Moritz packte den Mann von hinten und legte beide Arme um ihn.
»Halt! Polizei!«
Der Mann war überrascht. Er konnte sich noch nicht einmal wehren. Vielleicht wollte er das gar nicht.
Olivia schaute ihm ins Gesicht. Sie erschrak. Sie kannte ihn.

Vor ihr stand Tom Schiller. Für einen Moment hoffte sie, dass er hier zum Einsatz wäre, doch sein Blick gab ihr Gewissheit. Er war der Entführer und er hatte den Mann im Luisenpark getötet.

***

Der Fremde war Moritz und Olivia gefolgt. Sie waren so sehr damit beschäftigt etwas zu finden, dass es für ihn – einen Profikiller – einfach war, sich versteckt zu halten. Nun hatten sie einen Mann überwältigt und brachten ihn zurück in das Häuschen.

Der Fremde blickte nach oben. Es begann zu tröpfeln. Schnell lief er den Weg entlang, bis er das Nachbargrundstück von A250 erreicht hatte. Dort befand sich eine kleine Gartenlaube. Von den Eigentümern war weit und breit keine Spur.

„Da haben sie Glück gehabt", dachte sich der Fremde und nistete sich in der Gartenlaube ein.

Er öffnete das Fenster einen Spalt breit und hatte einen hervorragenden Blick auf sein Opfer im anderen Haus. Der Vorhang war nur halb zugezogen, sodass er den Raum halbwegs gut überblicken konnte.

Dann baute er sein Gewehr zusammen. Plötzlich wurde aus dem Regen ein heftiger Niederschlag, der auf das Wellblechdach der Laube prasselte, als wäre es das Geräusch eines Maschinengewehrs.

»Der Schuss wird schwieriger sein, wenn ich mein Opfer durch den Regen nicht genau sehen kann«,

dachte sich der Mann. »Dafür wird bei der Geräuschkulisse niemand meinen Schuss hören.«
Dann blickte er sich um und zog einen Schemel herbei, der in der Ecke stand.

***

»Tom? Was soll das?«, fauchte Olivia ihren Kollegen an.
Moritz hingegen suchte das Haus ab. Nirgendwo konnte er Benjamin Starke finden.
»Wo ist Benjamin?«, raunzte er Tom an.
»Ist er nicht hier?«, fragte Tom verstört.
»Würde ich sonst fragen?« Moritz erhob seine Faust. Er suchte weiter.
»Ich hatte ihn mit Duct Tape an die Heizung gefesselt«, erklärte Tom.
Moritz untersuchte die Heizung genauer. Das Duct Tape war aufgebissen. Einige Fetzen lagen auf dem Boden zerstreut.
»Du bist ein Stümper, Schiller!«, brüllte Moritz. »Ich geh Benjamin Starke suchen. Du passt auf den Schwachmaten auf.«
Er schlug den Kragen seiner Lederjacke hoch, verließ die Hütte und verschwand im strömenden Regen.
»Was soll das, Tom?«, wiederholte Olivia ihre Frage. Tom überlegte fieberhaft. Seinen Job als Polizist hatte er nun los. Es blieb ihm immer noch die Flucht.

Er würde sich verstecken, vielleicht im Ausland. Sie würden ihn nicht kriegen. Er musste Olivia einlullen und dann auf seine Gelegenheit zur Flucht warten, bevor Moritz zurückkommen würde.
Er begann.
»Anke wollte endlich Gewissheit darüber, dass ihr Vater wirklich getötet wurde. Jahrelang hatte sie nach ihm gesucht. In den letzten Jahren hatte sie beinahe aufgegeben und war dann umso mehr geschockt, als er vor ein paar Tagen zufällig vor ihr in Mannheim stand. Ich beriet mit ihr, was wir nun tun könnten.«
Tom fiel ein, dass er auf dem Fenstersims hinter sich einen Hammer liegen hatte. Vorsichtig musste er sich dorthin bewegen. Ganz langsam, damit Olivia nichts auffiel. Dann würde er den Hammer ergreifen, sie damit niederschlagen und flüchten. Um Olivia weiterhin seine Kooperation zu suggerieren, erzählte er mit ruhiger Stimme weiter.
»Anke wollte ihn in eine Falle locken und bestellte ihn in den Luisenpark. Das Gespräch wollte sie auf Handy aufnehmen und hoffte, so einen Beweis für den Mord an ihrem Vater zu bekommen. Doch dann ging alles schief.«
Tom bewegte sich etwas zum Fenster hin und achtete darauf, dass seine Bewegung natürlich aussah.
»Zu ihrem Schutz bin ich mitgegangen. Ich schlich mich aus meinem Undercovereinsatz im Hafen davon, um bei ihr zu sein. Wahrscheinlich kamen die Dealer so auf die Idee, dass etwas mit mir und dir nicht stimmen könnte. Im Luisenpark ließ ich Anke alleine

zum Treffpunkt laufen, hielt mich aber stets im Hintergrund, um die Szenerie beobachten zu können.«
Er machte eine weitere Pause.
»Schließlich brach die Dämmerung herein, und es wurde schnell dunkel, sodass ich aus der Ferne nichts Genaues sehen konnte. Ich schlich daher an Anke heran und kam gerade noch rechtzeitig, um zu sehen, wie sich dieser Stasikiller hinter einem Busch erhob und auf Anke stürzte. Als ich sein Messer aufblitzen sah, musste ich handeln. Ich warf mich auf ihn und ...«
Gleich war er dort angekommen, wo er hinwollte. Nur noch einen Schritt und er würde den Hammer ergreifen können.
»Was ist dann geschehen, Tom?«, fragte Olivia einfühlsam.
»Dann ... Dann hab ich mich auf ihn gestürzt und ihn von Anke gestoßen. Er hatte nicht mit dem Stoß gerechnet und fiel mit seinem Hinterkopf direkt auf einen der Steine. Mir war sofort klar, dass ihm etwas passiert sein musste. Ich beugte mich über ihn und konnte nur noch feststellen, dass er tot war.«
»Warum bist du nicht zur Polizei gegangen, Tom? Du hättest deine Tat einem Kollegen melden müssen. Das war Totschlag und kein Mord!«, warf Olivia ein.
»Ich weiß. Doch in der Situation wollte ich einfach alles nur ungeschehen machen. Wir haben die Leiche genommen und in den Kutzerweiher versenkt. Ich dachte, sie kommt nie zum Vorschein. Doch bereits am nächsten Tag war sie wieder da. Und ich mitten drin in den Ermittlungen.«

»Und dann wolltest du alles mir in die Schuhe schieben. Mistkerl!«
»Ich hab einfach nur nach Möglichkeiten gesucht, um die Ermittlung in eine andere Richtung zu bringen ...«
»Den Geldbeutel hast du bei Dieter Fink versteckt«, raunzte ihn Olivia an.
Tom nickte.
»Und du hast mich belauscht und mein Geheimnis an die Presse geliefert!«
Tom blickte starr vor sich auf den Boden. Dann nickte er erneut. Er wusste, dass er zu weit gegangen war. Aber das half ihm jetzt nichts mehr.
Olivia starrte ihm erbost in die Augen. Tom konnte ihrem Blick nicht standhalten und wich aus. Es sollte ein todbringender Schritt werden.

* * *

Der Fremde hatte sich auf dem Schemel in der benachbarten Gartenlaube positioniert und sein Gewehr angelegt. Er spähte durch das Zielfernrohr und konnte sehen, dass sich Olivia mit dem anderen unterhielt. Das war die Gelegenheit. Von hier hatte er eine gute Schussbahn, auch wenn der starke Regen seinen Blick etwas trübte.
Er montierte das Zielfernrohr auf den Körper des Gewehrs und schraubte die restlichen Teile fest. Dann legte er sich auf die Lauer, um auf den perfekten Moment zu warten, Olivia zu töten.

»Den perfekten Moment, jemanden zu töten – gab es ihn überhaupt?«, überlegte der Fremde.
Es gab für alles einen richtigen Zeitpunkt. Einen Zeitpunkt für die Liebe, für das Leben und den Tod. Es gab einen richtigen Zeitpunkt für Freude, Trauer, Schweigen und Sicherheben.
Er suchte immer nach der richtigen Zeit und richtete sein Leben danach: Ein Glas Wein genoss er am liebsten am Abend. Einen Krimi las er im Herbst. Urlaub machte er am liebsten im Juli.
Für jede Aufgabe, jede Tat hatte er den perfekten Moment vorgesehen. Ein Jegliches hatte in seiner Welt seinen Augenblick. Es spielte keine Rolle, wie viel Zeit man dafür brauchte, Hauptsache der Zeitpunkt stimmte.
Manchmal waren es Tage, manchmal Sekundenbruchteile, die darüber entscheiden, ob die richtige Zeit gekommen war.
Der Mann dachte weiter nach. Für jedweden Genuss gab es den unwiderruflichen Moment, der ihn zum Höchstgenuss macht. Keine Sekunde früher und keine Sekunde später durfte dies geschehen. Es gab den perfekten Moment für alles.
Den richtigen Zeitpunkt kann man weder vorhersehen noch auswählen. Man kann nur die Spannung fühlen, die sich davor aufbaut. Dann weiß man, dass eine Entscheidung ansteht, die den einen Augenblick zum richtigen Augenblick macht.
Dem Mann gefielen diese Gedanken. Doch nun kamen ihm Zweifel an seinen Ausführungen. Wenn es den richtigen Zeitpunkt für alles gab, muss es dann nicht

auch den falschen, den unbedingt falschen Zeitpunkt geben?
Jetzt hatte er Olivia im Visier und drückte ab.

***

Olivia hörte Toms Ausführungen aufmerksam zu. Sie betrachtete sein Schicksal beinahe als tragisch, da Tom lediglich Anke Meis schützen wollte. Beinahe hatte sie Mitleid mit ihrem Kollegen, obwohl er sich ihr gegenüber so schlecht verhalten hatte.
Sie betrachtete ihn genau, als er ihr seine Geschichte erzählte. Alles geschah dann in Sekundenschnelle. Plötzlich wurde seine Miene ernster. Sie konnte noch sehen, wie er nach einem Hammer griff, der auf dem Fenstersims lag. Mit ihm wollte er auf sie losgehen. Doch dazu kam es nicht mehr. Plötzlich brach er vor ihr zusammen. Olivia war es, als hätte sie einen Schuss gehört, doch war sie sich aufgrund des Regens nicht sicher.
Vorsichtshalber warf sich Olivia auf den Boden und kauerte nun neben Tom.
»Tom?«
Er bewegte sich nicht.
Sie ergriff seine Hand, um seinen Puls zu spüren. Schwach schlug er noch, das konnte sie spüren.
Der Schuss hatte ihr gegolten. Sie hatte sich nicht getäuscht. Ein Killer war hinter ihr her und er beschattete sie bereits eine Weile. Sie hätte wetten

können, dass draußen vor der Schrebergartensiedlung ein grüner Corsa neben Ronjas Auto geparkt hatte.
Dann hatte sie eine Idee. Sie wollte herausfinden, ob er noch da war. Olivia erinnerte sich daran, auf dem Handy von Bernhard Modrow eine Nachricht gefunden zu haben, aus der sie interpretierte, dass ein Killer auf sie angesetzt war.
Diese Nummer wählte sie jetzt. Und tatsächlich hörte sie den Klingelton aus der Gartenlaube nebenan. Ihr Blut gefror in ihren Adern, jetzt, wo sie Gewissheit hatte. Moritz war nicht da, das SEK ließ sich Zeit – und neben ihr lag ein toter Kollege. Sie war auf sich allein gestellt.
Ein Blick durch das Zimmer sagte ihr, dass es nichts gab, womit sie sich verteidigen konnte – außer dem Hammer, mit dem Tom Schiller gerade auf sie losgehen wollte. Er lag neben ihm auf dem Boden. Sie ergriff den Hammer und schlich in geduckter Haltung zum Rückfenster des kleinen Hauses. Hier standen zwei Feldbetten. Die Tapete war weiß mit violetten Trauben. Besonders schön fand Olivia sie nicht.
Vorsichtig öffnete sie das rückseitige Fenster. Davor stand ein kleiner Busch, der ihr Deckung geben würde, sobald sie aus dem Fenster geklettert war.
Der heftige Regen, der noch immer über Mannheim hernieder prasselte, peitschte ihr ins Gesicht. Sie wollte nicht aus dem schützenden Haus, doch wenn sie sich in Sicherheit bringen und gar dem Schützen auf die Spur kommen wollte, blieb ihr keine andere Wahl.

Olivia zog das Fenster noch ein weiteres Stück auf. Dann sprang sie schnell durch die Öffnung und rollte sich auf dem durchweichten Boden hinter dem Haus ab.
Für einen kurzen Moment ärgerte sie sich darüber, dass ihre Hose ruiniert war. Dann suchte sie Deckung und spähte zur benachbarten Gartenlaube hinüber. Noch immer schallte der Klingelton durch den Regen. Jetzt legte sie auf und schaltete ihr Handy aus – nicht, dass der Killer auf die gleiche Idee kommen sollte.
In der Hocke schlich sie weiter zum Rand des Grundstücks bis zu dem kleinen, braunen Jägerzaun, hinter dem eine Hecke wuchs. Wie eine Katze sprang sie über den Zaun. Dann verharrte sie eine Weile und schaute sich vorsichtig um. Niemand war zu sehen. Sie war nun an der Rückseite der Gartenlaube, an der sich kein Fenster befand.
Vorsichtig schlich sie an der Seite und unter dem Fenster entlang, durch das auf sie geschossen worden war.
Sie hielt den Atmen am, aus Anspannung und weil sie sich nicht durch ein Atemgeräusch verraten wollte. Fest umklammerte sie den Griff des Hammers, erhob die Hand und sprang um die Ecke.
Sie fand – nichts. Nur das Handy lag vor ihr. Sie ließ den Hammer sinken und schaute sich die Laube genauer an.
Hinter ihr trat der Killer mit erhobener Waffe aus dem Gebüsch.

***

Moritz rannte durch den strömenden Regen. Seine Lederjacke hielt das meiste Wasser ab. Dennoch war seine Jeans total durchnässt. Seine Haare hingen ihm in die Stirn und das wenige Haargel lief ihm in die Augen. Mehrfach hatte er schon nach Benjamin gerufen. Wo sollte er ihn finden? Moritz rannte die nahe gelegenen Reihen ab. An vielen Stellen hatte sich bereits das Wasser gestaut. Es spritzte zur Seite, als er hindurch rannte.

»Benjamin!«

Er wollte Benjamin unbedingt finden, bis Klose und die anderen eintreffen würden. Er war ein wichtiger Zeuge und entführt worden. Mit seiner Hilfe würden sie den Fall vom Luisenpark endlich aufklären können.

»Benjamin!!!«

Verdammt, er antwortete nicht. Er war sicherlich scheu, aber er hatte begriffen, dass es die Polizei war, der er sich anvertrauen musste. Warum sonst hatte er das Pentagramm für Olivia an die Wand gemalt?

***

Benjamin rannte durch die Siedlung. Er konnte die Situation, in die er geraten war, nicht in Worte fas-

sen. Das, was er empfand, kam dem »Hummelflug« aus der Oper »Das Märchen vom Zaren Saltan« von Nikolai Rimski-Korsakov sehr nahe. Er rannte nun zum Takt dieses schnellen Stückes die langen Wege zwischen den Gärten entlang.
Ihm war es dabei gleich, ob von oben ein gewaltiger Regenschauer auf ihn herabprasselte oder ob er durch die tiefen Pfützen, die sich mittlerweile gebildet hatten, rannte. Ihm war das egal. Es war später Nachmittag und alles, was er wollte, war, zu Hause am Tisch sitzen und Kaffee trinken, so wie er es um diese Zeit immer tat.
Hilflos war er von dem Weg, der zu den mit A markierten Grundstücken führte, bis hin zu L gerannt. Auch dort hatte er keinen Ausgang gefunden. Nun war er zu A zurückgekehrt und wollte noch einmal systematisch durch die Schrebergartensiedlung rennen, bis er einen Weg hinaus gefunden haben würde. Ohne auf ein Schild zu schauen, wusste er, dass er wieder bei A war. Hierhin hatte ihn der Polizist gebracht, der vor vier Tagen einen Mann im Luisenpark getötet hatte. Am Morgen war genau dieser Mann zu ihm in die Wohnung gekommen. Der Mann hatte ihn gezwungen, mit ihm zu gehen. Als er nicht gehorchen wollte, hatte er ihm Gewalt angedroht und seinen Lieblingssessel umgestoßen. Das hatte ihn schwer getroffen. Völlig eingeschüchtert hatte Benjamin klein beigegeben und sich dem Willen des Mannes gebeugt.
Der Mann hatte ihn dann in ein Auto gesetzt und hierher gefahren. Benjamin war völlig verzweifelt.

Wie sollte er denn von hier wieder nach Hause finden? Und was wollte der Mann denn überhaupt von ihm? Sein Rhythmus war durchbrochen – das ließ ihn noch unruhiger sein.
Erneut rannte er den Weg mit dem Buchstaben A entlang, bis er vor dem Grundstück stand, in dem er festgehalten worden war. Hier schien sich nichts verändert zu haben. Vom Weg aus konnte er weder seinen Entführer, noch die beiden anderen Personen erkennen. Waren sie schon wieder verschwunden, fragte er sich.
Er verschnaufte ein wenig und ging dann weiter. Doch gleich auf der Höhe des Nachbargrundstücks spähte er wieder über den Zaun. Dort stand ein völlig fremder Mann mit einem großen Gewehr und zielte auf die Polizistin, der er das Graffito an die gegenüberliegende Hauswand gesprayt hatte. Er mochte sie, ihr konnte er vertrauen. Das hatte er immer gespürt.
Der fremde Mann warnte sie nicht. Er würde sie töten, war sich Benjamin sicher.
»Achtung!«, brüllte er aus Leibeskräften und sprach damit sein allererstes Wort. Noch Minuten später hallte es in seinem Ohr nach.

* * *

»Achtung!«, hörte Olivia eine fremde Stimme hinter sich brüllen. Sie fuhr herum und schaute genau in

den Lauf eines Gewehrs. Für den Bruchteil einer Sekunde war auch der Mann irritiert.
Olivia nutzte diese Chance und sprang über den Gartenzaun zurück in das andere Grundstück. Über sich hörte sie noch zwei Schüsse vorbeizischen. Dann herrschte Stille.
Olivia kauerte am Boden und wagte es nicht, sich zu rühren. Sie war sich sicher, dass der Killer jede Sekunde über den Zaun kommen würde und sie entdecken könnte.
Doch nichts dergleichen geschah.

***

Moritz war gerade auf dem Weg zurück zu Olivia. Er hatte es aufgegeben, nach Benjamin zu suchen. Kurz bevor er in den Weg A einbog, hörte er jemand aus Leibeskräften »Achtung!« brüllen.
Er musste nicht lange überlegen. Das musste Benjamin gewesen sein. Beinahe rutschte er aus, als er mit voller Kraft losrennen wollte. Gerade noch fing er sich ab. Dann bog er um die Ecke und sah Benjamin vor dem Nachbargrundstück stehen.
Mit zehn schnellen Schritten stand Moritz an seiner Seite und sah den Killer im Garten stehen. Ohne zu überlegen stürzte er sich auf ihn und riss ihn zu Boden. Bereits von Benjamins Ruf war der Fremde überrascht, doch mit Moritz' Auftritt hatte er erst recht nicht gerechnet.

Die beiden Männer rauften miteinander und wälzten sich durch den matschigen Boden. Für einen Moment war Moritz über dem Killer und versetzte ihm einen Faustschlag ins Gesicht. Doch der Treffer machte dem Killer scheinbar nichts aus. Wie eine Maschine gewann er langsam die Oberhand in diesem Kampf. Moritz war noch nicht wieder in Form, allein sein Wille war es, der ihn stark machte. Doch der Fremde war stärker. Nun musste Moritz einstecken. Für einen Moment konnte sich der Fremde aufrichten. Moritz tat es ihm gleich und geriet in eine Falle. Brutal schlug der Killer ihm mit der rechten Faust in die Magengegend. Moritz japste nach Luft und krümmte sich vor Schmerz. Diesen Moment nutzte der Killer, um ein Messer zu ziehen. Mit erhobener Hand stürzte er sich wieder auf den Kommissar. Beide fielen in eine große Pfütze mitten auf dem Grundstück vor der Gartenlaube. Es spritzte in alle Richtungen. Auch der tatenlos zusehende Benjamin Starke war nun besudelt.
Durch den Aufprall war Moritz für den Bruchteil einer Sekunde unkonzentriert. Er lag auf dem Rücken und der Fremde stürzte sich mit dem Messer voran auf ihn. Doch bevor er auf Moritz einstechen konnte, ergriff dieser dessen Hand und drückte sie mit aller Kraft von sich weg.
Moritz begann zu zittern. Lange würde er dem Fremden nicht mehr standhalten können. Das Messer kam immer näher.
In diesem Augenblick brüllte jemand neben ihm: »Halt! Keine Bewegung oder ich schieße!«

Die Kavallerie war gerade noch eingetroffen.
Es war Olivia.
Sie stand über den beiden, hatte das Scharfschützengewehr angelegt und auf den Killer gerichtet.
»Sie sind verhaftet.«

* * *

Wenig später traf endlich das SEK im Schrebergarten ein. Klose schritt mit ernster Miene voran und raunzte als allerersten Moritz an, was der ganze Alarm sollte. Moritz sei krank geschrieben und Olivia beurlaubt! Es sei ein Skandal, dass sie sich – wieder einmal – einfach über alle Regeln hinwegsetzten. Klose war so wütend auf die beiden, dass er sie nicht zu Wort kommen ließ. Natürlich schafften sie es nicht, ihm die Situation entsprechend zu erklären.
»Tom Schiller liegt verwundet auf dem Nachbargrundstück. Die Sanitäter sollten sich um ihn kümmern. Schnell!«, unterbrach Olivia ihren Chef.
Das half, um Klose den Wind aus den Segeln zu nehmen. Nachdenklich blickte er sich um.
»Jetzt erzählen Sie mir noch einmal, was hier vorgefallen ist.«
Olivia begann wieder von vorne mit ihrer Geschichte. Erst mit der Zeit verstand der Kriminaldirektor die Tragweite der Aktion. Als er von Tom Schiller hörte, war er tief betroffen. Ihn traf nicht, dass Tom der Täter war, sondern viel mehr, dass er so wenig Ver-

trauen in die Polizei zeigte und den Totschlag nicht gemeldet hatte.
»Vertrauen, Frau von Sassen, ist das höchste Gut zwischen Polizisten!«, belehrte er sie.
Dieser Satz klang in Olivias Ohren wie blanker Hohn.
»Sie fordern, dass Ihre Mitarbeiter Ihnen vertrauen. Aber Vertrauen beruht auf Gegenseitigkeit. Und Sie haben mein Vertrauen verletzt!«
»Hören Sie!«, empörte sich Klose.
Olivia hörte, doch Klose brachte kein Argument hervor.
Im Hintergrund konnte Olivia sehen, wie Tom Schiller abtransportiert wurde. Klose und sie blickten ihm eine Weile nach.
Dann begann Klose.
»Wollen Sie wirklich Ihre drei Wochen Urlaub voll auskosten? Jetzt, wo Tom Schiller wegfällt, könnte ich jemanden wie Sie gebrauchen.«
»Auf gar keinen Fall!«, empörte sich Olivia. »Erst vertrauen Sie mir nicht und ziehen mich auch noch von dem Fall ab, der mein ureigenster war! Und dann kommen Sie angekrochen wie ein Schoßhund, wenn Sie einmal Hilfe brauchen. So geht das nicht! Meine Entscheidung steht.«
»Und ich bin krank geschrieben, noch ganze fünf Wochen!«, warf Moritz ein, um den es zwar nicht ging, der Klose aber dennoch zeigen wollte, dass er sich falsch verhalten hatte.
»Kommen Sie. Sie sind meine besten Ermittler!«
»Ich glaube, wir haben etwas anderes vor, Dr. Klose«, trotzte Olivia. Sie hängte sich bei Moritz ein – ganz

gleich, wie schlammig er nach der Rauferei noch war – und drehte sich um.

»Wir gehen!«

Epilog

Dieter Fink war längst wieder auf freiem Fuß, als Klose noch am späten Abend den Fremden im Polizeipräsidium verhörte. Jetzt war der Fall vollends aufgeklärt. Zufrieden lächelte er in sich hinein. Die Ergebnisse, sofern sie für die Öffentlichkeit relevant waren, würde die Kommunikationsabteilung morgen in einer Pressemeldung veröffentlichen. Auf eine ganze Pressekonferenz hatte er keine Lust.

Das Geständnis des Killers brachte zudem etwas Licht hinter den Mord, der in der Nacht vom 9. November 1989 passiert war. Er war dabei, als Anke Meis' Vater von Bernhard Modrow getötet wurde.

Meis war der Stasi ein Dorn im Auge. Er hatte sich bei Protesten gegen die SED engagiert und produzierte seit Monaten Flugblätter, die überall in der Bevölkerung verteilt wurden. Deshalb setzte man Bernhard Modrow auf ihn an. Er sollte ihn aus dem Weg schaffen. Egal wie.

Um sein Vertrauen zu gewinnen, traf er sich immer öfter mit Meis. Bis sie beide vor dem Fernseher Zeuge des Mauerfalls wurden. Da hatte Modrow die Idee, Meis nach West-Berlin zu schaffen und ihn dort zu erledigen. In der DDR und vor allem der Familie des Opfers konnte er den Mord als Fahnenflucht verkaufen. Meis habe es im Westen so gefallen, dass er nie zurückkehrte. So schrieb es Modrow später auch in seinen offiziellen Bericht. In Wahrheit verständigte er heimlich den Killer, den sie später zufällig am Ku'Damm trafen und den Modrow als alten Freund ausgab. Er sollte vor allem aufpassen, dass Modrow nichts geschah. Zu zweit waren sie Meis überlegen. Die drei feierten mit einer Menschenmenge, die jubelnd vor der Kaiser-Wilhelm-Gedächtnis-Kirche stand, und tranken in einer Kneipe nahe dem Europacenter mehrere Biere, bis Modrow den Eindruck hatte, dass Meis betrunken genug war.

Gemeinsam zogen die drei Männer in Richtung Wittenbergplatz und über die Ansbacher Straße in Richtung Landwehrkanal. Dort erwürgte Modrow sein Opfer in einer dunklen Hofeinfahrt. Schließlich versenkten sie es im Landwehrkanal und hofften, dass auch die bundesrepublikanischen Behörden nie von der Leiche erfahren würden.

Klose lenkte das Verhör dann auf Olivia. Der Killer bestätigte, dass Modrow sich von ihr betrogen fühlte. In den letzten Monaten hätte er nichts weiter gemacht, als nach ihr gesucht. Überall. Wie besessen. Er hatte den Tod seines Sohnes nie überwunden und machte die Polizistin dafür verantwortlich. Rache war, was er wollte. Damit der Verdacht nicht auf ihn fiele, habe Modrow ihn angeheuert. Er war seit dem Untergang der DDR nicht mehr für Modrow aktiv gewesen und lebte ein völlig anderes Leben in Frankreich.

Doch Modrow bot ihm viel Geld für diesen einen, tödlichen Schuss. Und er wollte seinen alten Förderer nicht hängen lassen. Deshalb habe er zugesagt, erklärte der Killer.

»Wie kam Modrow Olivia auf die Spur?«, fragte der Kriminaldirektor.
Der Killer schwieg. Dann grinste er breit. Nach all den Monaten habe Modrow einen entscheidenden Hinweis bekommen
»Wer hat Ihnen den Hinweis gegeben?«, hakte Klose nach.
»Jemand aus Ihren Reihen«, antwortete der Killer genüsslich. Klose notierte sich das. Ein entsprechender Verrat war ernst zu nehmen. Jedoch könnte der Fremde auch einfach nur lügen, um Klose – und letztlich auch Olivia – weiter Angst zu machen.
Klose hatte die Akte des Mannes durchgesehen. Das BKA ermittelte seit Jahren in seine Richtung. Ihm wurden mehrfacher Mord sowie Beihilfe zum Mord vorgeworfen. Der Kriminaldirektor hegte die leise Hoffnung, dass der Killer noch geständiger wäre, um Licht in all die ungeklärten Stasimorde zu bringen. Die Familien, die durch diese staatlichen Tötungen einen Verlust erfahren mussten, sollten zum Trost wenigstens die Wahrheit erfahren dürfen. Nachdenklich beendete Klose das Verhör.
Er ging zurück in sein Büro. Packte die letzten Sachen. Am nächsten Tag sollte nun auch seine Abteilung nach Heidelberg umziehen. Doch von seiner Abteilung war nicht mehr viel übrig. Er würde ein neues Team aufbauen müssen.

Zweiter Epilog

Am Abend saßen Olivia und Moritz bei »Da Pino«, einem italienischen Restaurant im Lindenhof. Nach dem aufregenden Tag fühlte es sich dort wie im Urlaub an. Die regnerische Kälte des Frühjahrs hatten sie an der Eingangstür abgestreift und waren in eine italienische Welt abgetaucht. Die rot-weißen Tischdecken erinnerten Olivia sofort an die Italienurlaube ihrer Kindheit. Überall standen Weinkörbe herum. Und die Menschen im »Da Pino« erschienen Olivia sorglos und fröhlich. Sie hatten keine Ahnung, was sie in den letzten Tagen durchgemacht hatte. Olivia beneidete sie ein wenig. Für eine Millisekunde wünschte sie sich ein Leben ohne Mord und Totschlag. Doch konnte sie sich das nicht wirklich vorstellen.

Bereits letzten Herbst wollte Moritz hier essen gehen und Olivia die Pizzeria zeigen. Doch sein schwerer Autounfall hatte ihm einen Strich durch die Rechnung gemacht. Die lange Zeit im Krankenhaus und in der Reha ließen nicht an einen gemütlichen Abend in der Pizzeria denken. Nun, da nicht nur der aktuelle Fall um den Mord im Luisenpark gelöst war, sondern es mehr zu feiern gab, bot sich das »Da Pino« mit seiner weißen Pizza geradezu an.

Schon beim Betreten der Pizzeria strömte ihnen der typische Duft von Basilikum, Tomaten und Olivenöl in die Nase.

»Was ist weiße Pizza?«, fragte Olivia neugierig, als sie die Speisekarte durchsah.
»Da ist anstatt der Tomatensoße eine weiße Soße drauf.«
»Aus was?«
»Was? Das weiß ich doch nicht. Crème fraîche, Knoblauch, Sahne, keine Ahnung. Ist aber sehr lecker!«
Also bestellten sie Pizza und Wein. Als zwei Gläser vor ihnen standen, ergriff Moritz das seine und erhob es.
»Auf unseren neuen Job!«, lachte Olivia.
»Auf die Detektei Sassen-Martin.«
»Das klingt blöd, Moritz.«
»Stimmt.«
»Außerdem muss ich dir noch etwas gestehen.«
Sie wurde verlegen. Moritz schaute sie gespannt an.
Langsam begann Olivia:
»Zum Kopenhagener Programm gehört auch, dass man seinen Namen ändert. Ich heiße nicht Olivia von Sassen. Das hat sich ein Kripobeamter in Berlin zu meinem Schutz ausgedacht.«
Moritz saß vor ihr und sah aus, als hätte ihn der Schlag getroffen. Er fühlte sich, als wäre er gerade aus einem sehr intensiven Traum aufgewacht. Vorsichtig schielte er Olivia an und versuchte aus ihrem Gesicht heraus zu lesen, ob sie ihn gerade veräppelte.
»Keine Angst, Moritz. Jetzt, wo Arndt Schulte, Bernhard Modrow oder wer auch immer er war, tot ist, droht mir keine Gefahr mehr. Und bei der Polizei möchte ich auch nicht mehr bleiben. Ganz einfach.

Olivia von Sassen war ein Deckname, nicht mein richtiger.«
»No way!«, kam es ihm irgendwann über die Lippen. »Ist irgendetwas an dir real?«
»Ja, alles. Nur der Name nicht. Eigentlich heiße ich Olivia Müller.«
»Wie ausgefallen«, konnte er gerade noch von sich geben. Doch dann fiel seine Kinnlade nach unten. Er hatte Olivias Deckung all die Zeit geglaubt. Nie hätte er an ihrem Namen gezweifelt.
Dann fing er sich wieder. Seine Gedanken kreisten um das, was ihm eigentlich am wichtigsten war.
»Dann bist du gar nicht adlig?«
»Nein«, lächelte Olivia, »bin ich nicht.«
»Du bleibst trotzdem meine Prinzessin«, sagte Moritz und gab ihr einen Kuss auf die Stirn.
»Auf unsere Detektei, Pirat!«, Olivia erhob ihr Glas.
»Auf uns, Prinzessin«, antwortete Moritz.

ENDE

Alexander Emmerich

Der Doktor und sein Fälscher
Mannheim-Krimi

248 Seiten
Format: 13,5 x 20,5 cm
Broschur
€ 12,95

978-3-7650-8806-3

E-Book
€ 9,99

978-3-7650-2106-0

Angst geht um an der Mannheimer Universität: Während der Graduierungsfeier der School of Economics wird ein ehemaliger Privatdozent aus einem Fenster des Universitätsgebäudes gestoßen – er ist sofort tot. Als am nächsten Morgen auch noch der Hausmeister der Hochschule erschossen aufgefunden wird, erhöht sich der Druck auf die Ermittler Olivia von Sassen und Moritz Martin. Doch hängen die Morde wirklich zusammen? Haben sie es mit einem Serienkiller zu tun? Eine heiße Spur führt die Kommissare in die Heidelberger Altstadt ...

Actionreich und spannend präsentiert Alexander Emmerich auch den zweiten Fall seines Ermittlerduos, das wieder mit außergewöhnlichen Methoden und einer frechen Schnauze ans Werk geht.

DER KLEINE BUCH VERLAG

www.derkleinebuchverlag.de

Auszug aus

Dunkles Netz

Der Mann ahnte nicht, was auf ihn zukommen würde. Er ging sogar zweimal und wäre auch ein drittes Mal gegangen, um alle Geräte, die er fürs Angeln benötigte, von seinem klapprigen Toyota Land Cruiser hinunter zum Ufer zu tragen: die Ruten und -halter, den Gerätekoffer mit den verschiedenen Ködern, den Käscher, den Karpfensack, das Landewerkzeug, den Hakenlöser, den Fischtöter, die Waage, aber auch den Rucksack mit seinem Leberwurstbrot, der mit kaltem Kaffee gefüllten Thermosflasche und den kleinen Klappstuhl, auf dem er sich niederlassen konnte, wenn die Beine anfingen, müde zu werden.

Der Pfad, der von dem Feldweg ab und durch das Gebüsch zum Altrheinarm hinabführte, war fast zugewachsen. Man musste die Stelle kennen, wo der dschungelartige Wald überraschenderweise ein paar Schritte vom Wasser zurückwich und einem Angler gerade so viel Platz bot, dass er sich auf dem versumpften Rasen mit all seiner Ausrüstung ausbreiten konnte. Bevor er die Ruten mit verschiedenen Ködern bestückte und sie in Stellung brachte, bestrich der Mann das Gesicht, den Nacken und alle freien Hautstellen mit Autan, um die lästigen Stechmücken abzuwehren, die um diese Tageszeit in Scharen Opfer suchten. Er setzte sich auf den behelfsmäßigen Hocker, schraubte den Verschluss der Thermosflasche ab und nahm einen Schluck von dem kalten, schwarzen und stark gesüßten Kaffee. Dann schaute er auf das Wasser, in dem sich der noch blasse Himmel spiegelte.

Vereinzelt schwammen dort bereits gelbe Blätter, manche getrocknet und gebogen, sodass eine gelegentlich leichte Brise sie wie kleine Segelboote vorantrieb. Sie lösten in ihm eine wehmütige Stimmung aus. All die Stunden, die er hier verbracht hatte, wo er sich von dem Stress im Geschäft und den häuslichen Streitereien zu erholen pflegte. Obwohl er auch heute mit einem wunderschönen Tag rechnete, kündigten der verräterisch gelbe Hauch in den Bäumen das diesjährige Ende der warmen Jahreszeit an.

Vorbei die frühen Stunden, in denen er auf den Lärm der Vögel lauschte, die um die Wette zwitscherten, flöteten, pfiffen und trällerten, in denen Altvögel ihre flügge Brut über die Äste lockten und ihre mit vibrierendem Flügelschlag bettelnden Kleinen mit Leckerbissen verwöhnten, mit Schnaken, kleinen Käfern, Würmern und Larven. Bald würde sich vielleicht auf dem kaum strömenden Fluss eine Eisschicht bilden und die Wasservögel würden gezwungen sein, ihre Rivalität aufzugeben und in einer erstaunlichen Kooperation eine eisfreie Stelle zu schaffen, indem sie, sich gegenseitig ablösend, im Kreis schwammen, das Wasser mit ihren Füßen bearbeiteten und dabei die Fluten in Bewegung hielten.

Der Mann atmete tief die mit sanfter Melancholie parfümierte Morgenluft. Er wunderte sich, dass etwas weiter draußen vom Grund her so viele Blasen aufstiegen. >Es könnte sich um Brassen handeln, die den Grundschlamm auf der Suche nach Nahrung durchwühlen<, ging es ihm durch den Kopf, als plötzlich ein ganzes, mit einer grauen Kunststofffolie umwickeltes und mit Klebstreifen kreuz und quer umschlungenes Paket emporschoss. Es schaukelte eine Weile auf der Wasseroberfläche und sendete einen Kreis von Wellen aus, die sanft vor seinen Füßen verebbten. Dann lag es wie eine kleine felsige Insel in dem seeartigen Rheinausläufer.

Was mochte das Bündel beinhalten?

Jetzt erst beschlich den Mann eine dumpfe Ahnung. Dennoch griff er nach einer der ausgelegten Ruten, trennte den Köder vom Haken und warf die Schnur weit hinaus. Er spürte, wie sein Herz klopfte, als sich das kleine, gebogene Stahlteil an dem Packen verfing und er diesen ins seichtere Wasser zog.

Sollte er nun wirklich die Schuhe ausziehen, die Hosenbeine hochkrempeln und hineinwaten? Er würde das Kunststoffbündel mit beiden Händen anfassen müssen, wollte er es endgültig an Land zerren. Ihn schauderte bei dem Gedanken. Ein Erlebnis war zu befürchten, das ihm nicht nur diesen Tag verderben, sondern das ihn in der Erinnerung ein ganzes Leben lang belasten würde.
Diese, seine einstmals paradiesische, einzigartige Zufluchtsstätte würde sich möglicherweise in eine Stätte des Horrors verwandeln. Er überlegte, ob er seine Aktion nicht einfach abbrechen, seine Utensilien zusammensuchen und den Ort verlassen sollte. Irgendwann aber würde das ominöse Paket gefunden werden, und wenn es wirklich das beinhaltete, was er befürchtete, würde man nach Spuren suchen und auf ihn stoßen. Möglicherweise würde er als Verdächtiger in eine Geschichte hineingezogen werden, deren Ausmaß sich nicht abschätzen ließ. Ratsamer blieb es, sich jetzt korrekt zu verhalten.
Er schleifte seine zweifelhafte Beute aufs Ufer. Widerlich, wie sie sich anfühlte, weich und an der glatten Folie kaum zu fassen. Der Mann musste mit Übelkeit kämpfen, als er das Bündel betrachtete. Ein Teil der Klebefolie hatte sich gelöst und hing nun schlaff herab. Möglicherweise hatte sie einen Gegenstand gehalten, durch dessen Gewicht das Paket auf den Grund des Flusses gedrückt worden war. Durch die Einwirkung des Wassers hatte sich die Fixierung gelöst und die Beschwerung war herausgerutscht.
Der Mann holte sein Anglermesser, setzte es an, besann sich und verzichtete darauf, die Verpackung aufzuschlitzen. Mit der zitternden Hand fingerte er sein Handy aus der Hosentasche, überlegte kurz und wählte 110.

***

Lado lehnte sich in seinem Sitz zurück. Wassili hatte ihm selbstverständlich den Fensterplatz überlassen.

»Leider über dem Flügel«, hatte er zwischen den Zähnen hervorgepresst. »Viel wirst du von der Landschaft nicht mitbekommen.« Wassili hatte sich schon die Kopfhörer übergezogen, er hatte sie mitgebracht, und den kleinen Stecker am Ende der Schnur in eine Buchse am Vorderteil der Armlehne gesteckt. Wie wild drehte er an dem Rädchen, mit dem man die verschiedenen Unterhaltungsprogramme einstellen konnte. Enttäuscht stellte er fest, dass noch nichts eingespeist wurde. Gelangweilt griff er nach einer Hochglanzbroschüre, die in dem Netz an der Rückseite des Vordersitzes steckte und blätterte planlos darin.

Lado beobachtete das Geschehen außerhalb des Flugzeugs. Eine Art Kühlwagen löste sich vom Rumpf. Wahrscheinlich war das Beladen mit den Cateringportionen, die während des Flugs serviert werden sollten, abgeschlossen. Tatsächlich vernahm Lado jetzt ein brummendes und ratterndes Geräusch und vermutete, dass die Einstiegsluken geschlossen werden. Ein Rauschen erfüllte den Passagierraum und Lado spürte einen kalten Luftstrom am Kopf. Er sah seinen Vordermann nach oben greifen und an einem waagrecht aufgesetzten Rädchen drehen. Es musste sich um eine Luftdüse handeln, die auf diese Weise reguliert werden konnte.

Eine Lautsprecherstimme ordnete einen ›Cross Check‹ an, bat alle Fluggäste sich anzuschnallen, die Sitze in eine senkrechte Position zu bringen und alle elektronischen Geräte auszuschalten. Lado verfolgte, wie sich die Maschine jetzt langsam aus ihrer Parkposition herausmanövrierte.

Während sich das Flugzeug in Bewegung setzte (es wurde von einer Art Jeep, mit dem es durch eine dicke Metallstange verbunden war, rückwärts geschoben) gingen zwei Stewardessen langsam durch den Mittelgang und kontrollierten, ob sich alle Passagiere angeschnallt hatten.

Einen Augenblick dachte Lado an Igor. Der hatte Wassili so oft nach Deutschland begleitet, dass er solchen Beobachtungen sicherlich keine Bedeutung mehr beigemessen hätte. Und jetzt war

er spurlos verschwunden.Wassili müsste wissen, wo sein einstiger Kompagnon verblieben war. Lado verspürte ein starkes Bedürfnis, jetzt direkt danach zu fragen, biss sich aber auf die Zunge.
Der Jeep wurde abgekoppelt. Die Maschine rollte nun aus eigener Kraft zur Startbahn. Noch ein letzter Schwenk und der Pilot gab Gas.
Lado wurde in seinen Sessel gepresst. Er hatte den Eindruck, dass das Flugzeug leicht ins Schlingern geriet, als die Erde anfing, sich langsam zu entfernen. Links noch einmal die Stadt mit ihren vielgestaltigen Kirchtürmen, den Brücken über die Kura, den terrassenförmig an die Berghänge geklebten Bauwerken, auf den Höhen umgeben von einem Kranz mächtiger Häuserblocks. In einem wohnte Irina. Ob sie sich im Augenblick zu Hause aufhielt und das Aufsteigen der Maschine verfolgte? Vielleicht telefonierte sie aber auch gerade mit einem neuen Freund. Vielleicht waren sie gar in ihrem Zimmer zusammen. Er durfte nicht daran denken.
Geradeaus der Tiflissee mit grünen Ufern und in der Ferne schon die schneebedeckten Gipfel des Kaukasus. Plötzlich hing die ganze Landschaft schief und Lado musste sich erst klarmachen, dass die Maschine eine Kurve flog. Nebelfetzen schossen an den Tragflächen vorbei. Sie ballten sich zu wattigen Gebilden, die erstaunlich g mächlich unter der Maschine hindurchschwammen.
Lado warf einen Blick auf Wassili. Der hatte seine Lektüre aus der Hand gelegt und hing mit geschlossenen Augen in seinem Gurt. Er hatte offensichtlich Schwierigkeiten, seine langen Beine unterzubringen. Auch das vielleicht ein Grund, warum ihm Wassili den Fensterplatz überlassen hatte. So konnte er seine unteren Extremitäten gelegentlich in den Gang strecken. Das über den Bauch und diagonal über die Brust verlaufende Band hatte das Jackett etwas in die Höhe geschoben.
Lado fragte sich, warum Wassili es nicht auszog. Offensichtlich engte es ihn ein. Überhaupt kam Lado sein Nachbar und Partner sel sam erstarrt vor, als wage er nicht, sich zu bewegen. Mit ir-

gendetwas schien er zu kämpfen. Er hielt es wohl für besser, sich nicht mitzuteilen, sich nach außen abzukapseln. Flugangst? Oder andere Probleme?

Vielleicht plagten ihn doch Gewissensbisse anlässlich des mysteriösen Verschwindens seines einstigen Kompagnons. Vielleicht hatte er auch heimlich alle Sinne auf den Metallkoffer gerichtet, der die Geldbündel enthielt und den er scheinbar achtlos in das Gepäckfach über ihren Köpfen geschoben hatte. Lado hatte sich schon gewundert,wie leicht Wassili ihn durch die Kontrolle gebracht hatte. Während er, Lado, sich aller Metallteile entledigen, auch seinen Gürtel und sein Portemonnaie in ein blaues Plastikkästchen legen musste, hatte der quaderförmige Aluminiumbehälter auf dem Förderband langsam die Röntgenschleuse passiert und war auf der anderen Seite von Wassili in Empfang genommen worden. Die Kontrolleure, die während des Vorgangs gebannt auf einen Bildschirm starrten, schienen auf andere Merkmale programmiert. Am Inhalt störten sie sich nicht, wenn sie ihn überhaupt erkannten.

Auch im Transitbereich hatte Wassili das Köfferchen nicht aus der Hand gegeben, höchstens zwischen die Beine geklemmt, während sie auf das Boarding warteten und er sich auf einem der kleinen Plastiksessel räkelte. Im Flugzeug bestand die Gefahr, dass jemand das Gepäckstück an sich riss und damit verschwand, nicht mehr. Aber die Möglichkeit, dass es sich jemand in einem Moment der Unachtsamkeit aneignete und in einem größeren Koffer versteckte. Eine solche Gelegenheit wollte Wassili wahrscheinlich gar nicht erst entstehen lassen. Vielleicht dachte Wassili auch schon an die Geschäfte, die sie in Deutschland abwickeln wollten. Vielleicht träumte er von einem großen Gewinn, in dessen Genuss dann auch seine Familie käme. Hatte er überhaupt Familie?

Verheiratet war er, das verriet der Goldring an seiner rechten Hand. Und Kinder? Besser nicht danach fragen. Es könnte ihm als unangemessener Anbiederungsversuch ausgelegt werden. Bei den Leuten um Fjodor, wie bei Fjodor selbst, musste man vorsichtig sein. Schnell hatte man sich den Mund verbrannt.

Wenn Wolkenlücken die Sicht auf die Erde freigaben, blitzte eine, wie es schien, jungfräuliche Schneelandschaft zu ihm herauf, aus der schroffe Felsen ragten. Gelegentlich rüttelten leichte Turbulenzen an der Maschine. Die Tragfläche, auf die Lado blickte, verbog sich
und vibrierte. Eine beunruhigende Erscheinung. Die anderen Passagiere schien das nicht zu stören. Möglicherweise war er der Einzige, der diesen Vorgang beobachtete.

Er überlegte, ob er die Stewardess davon in Kenntnis setzen sollte. Möglicherweise würde die Maschine bald abstürzen. Er fragte sich, ob dem Piloten in dieser Schneewüste eine Notlandung gelänge und wie lange er, Lado, dort überleben könnte.

Eine weibliche Lautsprecherstimme kündigte an, dass jetzt eine warme Mahlzeit serviert werde. Waren das die Manöver, um die Passagiere von der drohenden Gefahr abzulenken? Schon sah Lado eine Stewardess einen kastenförmigen Wagen in den Gang schieben, aus dem sie mit Stanniol abgedeckte rechteckige Teller zog. Sie verteilte diese nach rechts und links. Die Passagiere nahmen die Portionen willig entgegen. Sahen sie nicht, dass die Tragflächen abzubrechen drohten? Was waren das für Menschen?

Lado beschloss, seine Beobachtungen für sich zu behalten. Er wollte hier nicht als Angsthase entlarvt werden. Lieber würde er mit allen zusammen in den Tod gehen.

Das würde sich sowieso nicht vermeiden lassen.

Gudrun Weitbrecht

Leere Augen Stuttgart-Krimi

352 Seiten; 13,5 x 20,5 cm; Broschur
€ 12,95 978-3-7650-8807-0

E-Book: € 9,99 978-3-7650-2107-7

Eine mysteriöse Mordserie schreckt die Bewohner von Stuttgart auf und stellt die Kommissarin Arabella Herzog und ihr Team vor ein Rätsel. Jeder Mord ist perfekt geplant, der Killer hinterlässt keine Spuren. Oder handelt es sich um mehrere Täter? Über ein Jahr lang tappen die Ermittler im Dunkeln. Welches Geheimnis hatten der Wachmann, der Werbefotograf, die Buchhalterin und die anderen Mordopfer, die nichts gemeinsam haben, außer, dass ihre Leichen nummeriert sind?

Dieter Fasel

Retos Verdächtigung.
Kriminalroman

256 Seiten; 13,5 x 20,5 cm; Broschur
€ 13,95 978-3-7650-8809-4

E-Book: € 9,99 978-3-7650-2119-0

Reto, Schweizer Schriftsteller, pflegt in Venedig seine Schreibblockade. Eines Abends geschieht etwas, das sein Leben auf den Kopf stellt. Killer sind ihm auf den Fersen, und Reto nimmt den Kampf auf. Seine Recherchen
führen ihn nach Afrika und in die Schweiz, wo er der großangelegten kriminellen Unternehmung eines Pharmakonzerns auf die Schliche kommt.
Seine Gegenspieler tun alles, um ihn aufzuhalten. Reto steckt in der Klemme. Kann ein Einzelner der geballten Macht eines Konzerns etwas entgegenhalten?

Jörg Böhm

Und die Schuld trägt deinen Namen
Kriminalroman
2. Auflage
368 Seiten; 13,5 x 20,5 cm; Broschur
€ 12,95 978-3-7650-8805-6
E-Book: € 9,99 978-3-7650-2105-3

Ein ungewöhnlicher Todesfall führt Emma Hansen in das kleine Dorf Burrweiler in der Pfalz: der Winzer Alois Straubenhardt wird tot in seinem Weinberg gefunden – vom eigenen Traktor überfahren. Ein tragischer Unfall?
Als ein weiterer Dorfbewohner auf mysteriöse Weise ums Leben kommt, gerät die Hauptkommissarin immer Stärker unter Druck, die Vorfälle aufzulösen. Zu spät erkennt sie, dass eine lang verdrängte Schuld endlich gesühnt werden will ...

DER KLEINE BUCH VERLAG

www.derkleinebuchverlag.de